1. Auflage: März 2010
2. Auflage: April 2010
3. Auflage: Juli 2010
4. Auflage: Mai 2011
5. Auflage: Juni 2011
6. Auflage: September 2014

Die Deutsche Nationalbibliothek verzeichnet diese
Publikation in der Deutschen Nationalbibliografie;
detaillierte bibliografische Daten sind im Internet über
http://www.dnb.d-nb.de abrufbar.

Vollständige Ausgabe

Herstellung und Verlag: Books on Demand GmbH,
Norderstedt
ISBN 978-3-8391-6543-0

Dan Glas

Devil's life

Das Leben macht nur Ärger

Inhaltsverzeichnis

Liebe ist der Entschluss das Ganze eines Menschen zu bejahen, die Einzelheiten mögen sein, wie sie wollen.

Otto Flake

Bild: Coniaric

Trennung läßt matte Leidenschaften verkümmern und starke wachsen.*

Ich widme dieses Buch meiner Familie.

Sie zeigte mir, wie wichtig es ist, hinter einem zu stehen, einen zu lieben wie er ist und ihn immer wieder auf den Boden der Tatsachen zurück zu holen, auch wenn das manchmal eine Bauchlandung bedeutete. Sie zeigt mir, wie schön es ist geliebt zu werden, egal welchen Status man hat.

Leider kämpft sie gegen den Teufel in mir.

Vorwort

Schmerz hatte sicher schon einmal jeder von uns. Der eine mehr der andere weniger. Doch es gibt verschiedene Arten von Schmerz. Für manche von uns bedeutet Schmerz, wenn er sich den Finger bricht. Für den anderen bedeute es erst Schmerzen zu haben, wenn er sich den Finger abschneidet. Doch jeder empfindet Schmerz, wenn er einen geliebten Menschen verliert. Hierbei ist egal wodurch man ihn verliert. Sicher, es ist viel schlimmer, wenn er für immer geht, in eine bessere Welt verschwunden ist. Aber der Verlust eines geliebten Menschen kann ebenso bedeuten, dass man verlassen wurde. Aber bei den meisten Menschen, auch so bei mir, entsteht erst die Erkenntnis was falsch gelaufen ist, wenn es zu spät ist. Doch mit dem Begreifen, dass es eigentlich zu verhindern gewesen war, man nur zu Stolz oder zu sehr auf sich bedacht war um auf Zeichen zu reagieren, bedeutet es Schmerz, also ein Gefühl zu Empfinden, das einen förmlich zerreißt. Es mag wohl Menschen geben, bei denen dieses Ego schon immer da war. Doch die Anderen sind die, die sich selbst im Wege stehen. Sie haben entweder schon so viel erlebt, oder wurden schon zu stark enttäuscht, machten daher Fehler die sie nicht machen wollten, aber sie konnten nicht anders. Sie machen Sachen aus dem Grund, anderen gefallen zu wollen. Vielleicht weil Sie zu wenig Anerkennung bekamen, Ihre Eltern immer Leistung forderten oder zu dominant waren. Vielleicht aber auch weil sie schon derart enttäuscht wurden, dass ihr Schutzschild, das entstanden war, nur dazu dient, nicht verletzt zu werden. Leider bekommen sie hinter diesem Schutzschild auch sehr wenig von der eigentlichen und wichtigen Umwelt und vor allem von ihrem Partner mit. Denn sie müssen aufpassen, dass sie den Schein wahren unverwundbar zu sein. Ich gehöre wohl zu diesen Menschen und dachte immer, ich bin unverwundbar. Dachte durch Geld Anerkennung zu bekommen und dadurch auch meine Umwelt zufrieden stellen zu können. Doch die, die man beeindrucken möchte, erkennen es nie an. Die Anderen, die die ganze Zeit zu einem aufschauten, verliert man dadurch. Was mehr weh tut, als die fehlende Anerkennung.

Die Geschichte dieses Buches, ist eigentlich keine Geschichte, eher eine Erzählung. Alles ist so geschehen. Auch wenn es sich manchmal eher wie Fiktion anhört, so war es doch leider immer Realität. Soviel wollte ich nie von mir preisgeben, weil man sehen könnte, wie schwach ich eigentlich bin, wie sehr ich kämpfen muss, um unverwundbar zu wirken. Doch gerade jetzt scheint es mir so, also müsse man diese Schwäche auch mal zeigen können.

Die Namen und Orte sind geändert, um jedem selbst die Möglichkeit zu geben, sich wieder zu erkennen.

Laß mein Aug den Abschied sagen,
Den mein Mund nicht nehmen kann!
Schwer, wie schwer ist er zu tragen,
Und ich bin doch sonst ein Mann.*

Kapitel 1

Ist die Jugend wirklich die unbeschwerteste Zeit?

Ich bin gerade 15 Jahre alt. Habe einen normalen IQ, bin aber, denke ich, ziemlich faul. Meine Eltern rufen mich bis heute mit dem Namen „Dan".

Die eben beschriebene Faulheit beschränkt sich leider auf nicht nur ein bestimmtes Feld, sondern auf mein gesamtes Handeln. Ich besuche gerade die 9. Klasse der Realschule. Ich hatte zwar auch das kurze Vergnügen, in der 5. und 6. Klasse auf dem Gymnasium zu sein. Allerdings war der Aufenthalt dort, wie bereits gesagt nur von kurzer Dauer. Vor allem wegen besagter Faulheit, die bereits einsetzte. Also ging ich ab der 7. Klasse wieder auf eine „normale" Schule. Dort konnte ich es mir zuerst leisten, weiter faul zu sein. Die Einser Noten purzelten mir von alleine zu. Also dachte ich, das bleibt so. War aber natürlich nicht so. Irgendwie langweilte mich alles. Der Unterricht, die Lehrer und vor allem die Mitschüler. Ich war ein ziemlicher Außenseiter. Hielt mich wohl bereits da für etwas besseres. Vielleicht lag es aber auch einfach daran, dass ich nicht zu ihnen gehören wollte. Die Mitschüler, die meisten von ihnen zumindest, waren die Sorte von Leuten, die nur in der Gruppe stark waren, und andere versuchten zu drangsalieren, mich zum Glück nicht, und irgendwelchen Dingen hinterher gerannt sind, sie aber nicht begriffen. So zum Beispiel war es also in der 9. Klasse so, dass diese Leute meinten, es wäre jetzt cool, nicht mehr Skateboard zu fahren, sondern Springerstiefel anzuziehen und die Haare zu scheren. Man war wohl scheinbar zu der Zeit als „Neonazi" stärker, als weiter als Skater. Nun ja, zum Glück verstanden sie eigentlich überhaupt nicht was sie taten. Waren zwar stark und pöbelten rum, dabei blieb es aber auch. Natürlich mit Ausnahmen.

Mir war dieses Getue und Gemache eigentlich ziemlich zu wieder. Ich versuchte meinen eigenen Style zu finden. Es gab keine großen Experimente. Es wurde immer mal probiert und wieder gelassen. Was natürlich der Gruppe überhaupt nicht gefiel und ich immer mehr zum Außenseiter wurde. Ich mich also mit den anderen Außenseitern begnügen musste. War aber ok, sie waren meist die ausgestoßenen Streber oder die Eigenbrötler. Dafür waren aber normale Gespräche möglich, was ich schon damals wichtig fand.

Ich war aber immer noch faul. Leider musste ich feststellen, dass mir das in der neunten Klasse überhaupt nicht bekam. Ich dachte mir meistens: „Eigentlich musst du mal lernen".

Andererseits war es mir aber irgendwie gleich, ob ich nun ne 4 oder ne 1 bekam. Das ging aber leider soweit, dass ich auf einmal nicht mehr der Klassenbeste war sondern nur noch Mittelfeld. Das passte mir gar nicht. Ich bin leider einer von denen, die immer oben stehen wollen, koste es, was es wolle. Leider wurde mir dieser Übereifer auch später des öfteren zum Verhängnis.

Nun ja, das zweite Halbjahr war schon wieder zur Hälfte rum und ich wusste, dass ich es nicht mehr schaffe, wieder zur Spitze zu gehören. „Nun gut" dachte ich, „aber in der 10. Klasse schaltest wieder nen Gang hoch."

Das neunte Schuljahr war also um. Das Zeugnis war nicht so berauschend. Waren sogar zwei Vierer dabei. Meine Eltern, vor allem mein Vater, der sein Abitur mit 1,2 im Durchschnitt machte, was ich mir immer und immer wieder anhören musste, waren natürlich überhaupt nicht begeistert. Allerdings verwunderte mich stark, dass ich sie so schnell beruhigen konnte in dem ich sagte, das ich es das letzte Schuljahr besser machen werde.

Ich hatte eigentlich vor, nach der 10. Klasse eine Ausbildung zu beginnen. Hatte einfach keine Lust mehr auf ständig Schulbank drücken und lernen. Wollte Geld verdienen. Soviel sei gesagt. Ich habe nach der 10. Klasse keine Ausbildung gemacht. Zum Glück. Denn ich bekam mehr Taschengeld, als ich bei einer Ausbildung verdient hätte. Das war mir aber zu der Zeit irgendwie noch nicht so richtig klar. Es war wohl eher der Wunsch nach Unabhängigkeit.

Nun gut, es begannen also die Sommerferien. Wohl das Beste an der Schule. Naja ne Freundin, also so eine Richtige, hatte ich nicht. Ich war zwar schon in allen Belangen aktiv. Aber mehr als so eine kleine Liebelei, war das nie. Eher der natürliche

Jungendrang, nach immer mehr und immer neuem. Ich war ja bis vor zwei Jahren noch so ein kleiner pummeliger Junge, den keine so richtig wollte. Nur so als Kumpel. Als ich dann aber abnahm und schlank war, änderte sich das schlagartig. Es war zu der Zeit immer eine gewisse Auswahl da. Na und da war auch Katarina. Sie hatte wohlhabende Eltern, war auch gerade vom Pummel zur normalen Figur gewandelt und baggerte mich ständig an. Wie Jungs wohl in dem Alter sind, solange es gut aussieht, nimmt man es erst einmal mit. Hab ich auch getan. Sie himmelte mich wirklich total an. Das fand ich natürlich toll. Aber bei mir war der Funke einfach nicht wirklich übergesprungen. Es war halt aber OK für den Moment.

Die Katarina hatte aber ne Freundin. Die Sylvana. Eines Tages brachte sie die mal mit. Ich fand sie ziemlich gut und ihren Blicken zufolge sie mich auch. Irgendwann musste Katarina dann mal kurz nach Hause um nach ihren Schwestern zu sehen. Also saß ich mit Sylvana bei mir und wir unterhielten uns. Ein kurzen Augenblick später, küsste sie mich aber schon. Da hatte ich mich das erste mal ein wenig verliebt. Ich musste also ein paar Tage später Katarina sagen, dass sie zwar nett ist, aber nicht die Richtige. Meine Mutti hatte aber in meiner Erziehung alles richtig gemacht und mich gelehrt das man Frauen, egal wann und wie auch immer, achtet. So sagte ich ihr nicht plump ins Gesicht, dass ich lieber mit ihrer Freundin Sylvana zusammen sein wollte. Auch habe ich nicht diesen verletzenden und demütigen Spruch „Aber wir können ja Freunde bleiben" losgelassen.

Nun war ich also mit Sylvana zusammen. Sie kam aus einer Familie die man wohl als „Arbeiter Familie" bezeichnen würde. Geld war nicht im Überfluss da, aber es reichte wohl. Die Zeit mit Sylvana ging wirklich schnell vorbei. Schnell merkte ich aber, das sie ziemlich leicht beeinflussbar war, vor allem das Ausprobieren von Drogen. Das gefiel mich gar nicht. Aber ich nahm es erstmal hin. Es vergingen ein paar Monate.

Die 10. Klasse hatte begonnen. Ich wusste „Jetzt kommt es drauf an". Also lernte ich und musste schnell feststellen, dass meine Faulheit zu weit gegangen war. Ich musste vieles nacharbeiten und aufholen um die neuen Sachen zu verstehen. Aber es ging ja um was. Nicht nur der beste zu sein, nein, um einen guten Abschluss. Also lernte ich. Viel, sehr viel. Streber hätte man mich genannt, denk ich. Sylvana war da ganz anders. Sie war gerade in die neunte Klasse gekommen und war auf dem Trip, dass man Schule nun wirklich überschätzt. Aus Ihr würde schon was werden. Was, wusste sie zwar nicht, aber irgendwas wird schon werden. Das war natürlich eine Einstellung, die ich total, naja, wie soll ich sagen, dämlich fand.

So wurden aus den netten Stunden, die wir vorher hatten, schnell immer weniger schöne Stunden. Ich mochte sie auch nicht so oft sehen, da ich ihre Haltung nicht und ihre Sprüche nicht hören wollte.

Nun war ich auch schon immer ein Auto-Narr. Das hab ich wohl von meinem Vater, der wirklich alles kann und vor allem mit Maschinen und Motoren umzugehen weiß. Eines Tages kam es also zu einem Zufall, der Sylvana und mich schließlich getrennte Wege gehen lassen sollte.

Beim Spaziergang mit unserem Schäferhund Roco trafen wir meist immer dieselben Leute. Auch einen Herrn, der immer nett erzählte und auch mal von seinem Leben zu berichten hatte. Nun wollte er gerade seine Garage umbauen lassen und hatte in dieser noch ein Auto stehen. Ja gut, denkt man sich, lass es halt verschrotten. Aber er sagte uns, es wäre ein seltener Wagen und ein Targa (ein halb abnehmbares Dach) mit nur zwei Sitzen. Sportwagen der Siebziger. Meine Ohren begannen zu klingeln. Schnell versuchte ich ihn auf den Punkt zu bringen, warum er uns das gerade erzählte. Seine Antwort war, dass er bei den Treffen immer wieder feststellte, dass ich autobegeistert bin und er mir den Wagen gerne geben wollte. Toll dachte ich. Ich war ja noch nicht mal 16 und dann schon nen Wagen. Leider erzählte er mir dann auch, dass der Wagen einen Motorschaden hatte. Das dämpfte mich aber nur kurz. Ich fragte vorsichtig, was er für den Wagen wolle. Er meinte, wenn ich Ihn selbst abhole, brauch ich nur nen Kasten Bier hinstellen. Ich dachte, ich hör nicht richtig. Auto gegen Bier.

Kurze Zeit später stand der Wagen also bei uns in der Garage. Er war eigentlich in keinem so schlechten Zustand. Nur Rost und Motorschaden waren aufzuzeichnen. Also begann ich rasch, den Wagen mit meinem Vater zu zerlegen. Der Motor war schnell ausgebaut und die defekten Teile gefunden. Leider mussten wir aber feststellen, dass diese Teile nirgends aufzutreiben waren. Zu dieser Zeit war das Internet noch nicht so populär wie heute. Man musste also auf lokale Händler und Kleinanzeigen in Fachzeitschriften setzen. Wir machten uns also daran, den Rest der Karosse zu bearbeitet. Wir sandstrahlten und schweißten. Leider kamen zwischen mir und meinem Vater immer mehr Uneinigkeiten auf, wie der Wagen im Endeffekt werden sollte. Ich wollte es sehr chic, mein Vater wollte ihn restaurieren.

Sylvana und ich trafen uns nur noch selten. Wenn sie dann mal da war, war ich meistens die ganze Zeit am Auto beschäftigt. Ehrlich gesagt hatte ich auch wenig Lust auf sie. Kurze Zeit später trennten wir uns endgültig. Das tat mir auch nicht wirklich weh. Aber ein wenig traurig war ich schon.

In der Schule lief es aber blendend. Ich brachte fast nur Einser nach Hause. Was allerdings nach sich zog, dass mein Vater immer mehr darauf pochte, ich solle doch nun auch noch mein Abitur machen. Was ich aber eigentlich nicht wollte.

Inzwischen hatte ich einen kleinen aber feinen Freundeskreis. Da waren Backy, der ein Riese war und mit seiner Kraft meistens nicht wusste wohin, Kappy, der ein Rennradsportler war und alles mit dem Fahrrad erledigte. Dann waren da noch Sabrina und Katja. Zwei liebe Mädels mit dem richtigen Humor. Hin und wieder gesellten sich noch andere zu dieser Gruppe dazu. War aber mal der und mal der. Nichts was sich lohnen würde zu erwähnen. Wir haben uns zu der Zeit fast jeden Nachmittag getroffen. Waren oft in der Stadt Kaffee trinken. Nicht so wie man das heute macht. Ergo, rumgelungert haben wir nicht. Freitag Abend waren wir immer unterwegs, mal mehr mal weniger trinken. Aber immer in derselben Bar. Ja, wir durften da eigentlich nicht rein. Aber wir haben uns so benommen, das wir nicht aufgefallen sind und haben auch sonst dort nicht mehr als Bier und Wein getrunken.

Als mit Sylvana dann also nichts mehr lief, waren wir mal wieder Freitag Abend unterwegs. Irgendwie war uns langweilig, weil es noch nicht die richtige Zeit für die Bar war. Also versuchten wir noch ein paar Leute anzurufen. Aber keiner sonst hatte Zeit. Sabrina fiel dann zu guter letzt nur noch jemand ein, den wir noch nicht kannten. Sie ging mit Ihr in eine Klasse und sie wollte mal fragen, ob sie Lust hatte mit uns später in die Bar zu gehen. Also rief sie sie an. Eigentlich wollte die Neue nicht. Nach ein wenig überreden sagte Sie dann aber doch zu.

Eine halbe Stunde später kam „die Neue" dann auch. Sie stieg aus dem Wagen Ihrer Mutter und für einen Moment stand alles für mich still. Ich wusste noch nicht warum und auch konnte ich nicht deuten, was es war. Es war Anna.

Anna war über 180cm groß, schlank und hatte blonde, leicht gelockte Haare bis zum Kinn. Sie sah umwerfend aus.

Sie kam zu uns und sagte „Hi, ich bin Anna". Ich dachte mir nur, „Was für ein toller Name". Obwohl Ihn Millionen andere auch hatten. Wir stellten uns also vor und kurze Zeit später waren wir dann auf dem Weg zur Bar.

Ich versuchte die ganze Zeit mit Anna ins Gespräch zu kommen. War ganz aufgeregt und wusste nicht warum. Es war auch ziemlich dunkel und sie richtig ansehen konnte ich komischerweise nicht. Wir kamen also zu der Bar. Im Foyer war es hell. Ich guckte sie also von oben bis unten an und hoffte nur sie bekam nichts mit. Nun wusste ich langsam, warum ich so aufgeregt war. Ich hatte mich nur von ihrem Anblick zuvor bereits in sie verliebt. Hals über Kopf.

Ich versuchte aber mir nichts anmerken zu lassen. Wollte sie ja auch nicht verschrecken. Versuchte mich neben sie zu setzen, was aber misslang. Aber genau gegenüber, das klappte. Ich versuchte nun wieder mit ihr ins Gespräch zu kommen. Es funktionierte. Wir erzählten und alberten herum. Schrieben uns Dinge mit Kuli auf die Arme. Ihre Nähe dabei war umwerfend. Ich genoss es einfach. Ich traute mich allerdings nicht was zu sagen.

Irgendwann musste sie dann nach Hause. Wir verabschiedeten uns alle. Jeder wurde gedrückt, aber ich bekam leider nichts auffällig anderes als die anderen zum Abschied.

Ich fragte sie beim Hinausgehen noch wie alt sie ist, sie sagte nur „ich bin 14, fast 15".

Nachdem Sie weg war, kreisten meine Gedanken die ganze Zeit um Sie. Die anderen haben es wohl gemerkt und mich ständig aufgezogen.

Das Wochenende war vorbei. Ich musste aber weiter die ganze Zeit an Sie denken. Wusste aber nicht, wie ich mit ihr Kontakt aufnehmen kann. Handy war zu der Zeit noch eine Seltenheit. Ich hatte zwar eins, aber Anna leider nicht. So kribbelte es die ganze Woche. Irgendwie hatte auch diese Woche kaum jemand Zeit von meinen Freunden. Ich traf bei dem Weg von der Schule nach Hause einmal Katja. Es war wohl so ungefähr Mitte der Woche und schon da brachte mich die Sehnsucht fast um, obwohl gar nichts war. Katja fragte, wie meine Woche war. Ich erzählte es ihr halbherzig. Sie fragte, was mit mir los sei. Ich sagte, natürlich ganz Mann, es sei nichts. Katja fragte ob ich immer noch über Anna nachdenke. Ich versuchte cool zu bleiben und sagte, dass ich das ab und zu täte. Konnte mir dann aber nicht verkneifen, zu fragen, ob sie was von ihr gehört hatte. Katja meinte, dass sie Anna getroffen habe und dass sie den Abend in der Bar nett fand. Irgendwie interessierte mich eher, ob sie mich nett fand. Katja meinte aber nur, sonst habe sie nichts erzählt. Später stellte sich heraus, das Katja genau wusste, was in mir los sein könnte. Anna ging es wie mir und das wusste Katja da schon, um die Spannung aber zu halten, sagte sie mir nichts.

Es war wieder Freitag. Ich dachte nur an Anna. Ließ mir aber so wenig wie möglich anmerken. Wir gingen also in die Bar. Irgendwann sagte dann jemand „Achso, Anna kommt später noch".

Mein Herz begann zu rasen. Ich ging schnell zur Toilette und guckte, dass ich einigermaßen gut aussah. Als ich wieder raus kam, ging Anna gerade durch die Foyertür. Ich ging auf sie zu. Natürlich raste mein Herz, ich wusste ja nicht, dass es Ihr die ganze Woche wie mir ging. Als ich vor Ihr stand, waren meine Knie so weich, das ich nur heraus bekam "na wie war deine Woche".

In dem Moment haben wir uns erstmal begrüßt. Also eine kleine Umarmung. Als wir diese lösten, guckten wir uns beide nur an und ...küssten uns.

Wie soll man das beschreiben. Ich war das erste mal richtig verliebt. Wenn man von Glück spricht, meint man wohl dieses Gefühl. Aber ich war glaub ich mehr als glücklich. Ich war ihr erster Freund, ihr erster richtiger Kuss. Es war wirklich wie im Film, nur noch kitschiger.

Die anderen kamen dazu und meinten ob wir uns auch wieder trennen könnten, um dann mal was trinken zu können. Wir konnten zwar schwer, aber auch wir gingen dann zu den anderen...

Traue nicht dem Glanz der Sterne, Sterne blinken und vergehen. Traue nicht dem Duft der Rosen, Rosen blühen und vergeh'n. Traue aber einen Menschen der es ehrlich mit Dir meint, der im Glück mit Dir jubelt und im Unglück mit Dir weint.*

Bild: Moni Sertel

Kapitel 2

Anna, und wie einfach alles sein kann.

Der letzte Abend war einfach nur toll. Alles war auf einmal viel leichter. Probleme? Welche Probleme? Doch auch dieser Abend ging irgendwann zu Ende. Leider. Sie gab mir ihre Telefonnummer. Ich sollte einfach anrufen.

19

Am nächsten Tag wollte ich sie natürlich unbedingt sehen. Ich nahm also mein Telefon und rief sie an. Zumindest versuchte ich es. Es ging aber immer ihre Mutter ran. Wie erstarrt legte ich jedes Mal wieder auf. Das ganze habe ich dann bestimmt zehnmal gemacht, verteilt auf mehrere Stunden. Irgendwann hab ich es dann aber doch geschafft etwas zu sagen. Mit sehr stotterigem Deutsch, fragte ich, ob Anna da sei. Sie war da. Kurze Zeit später hörte ich Ihre Stimme und mein Herz begann wie wild zu schlagen und es kribbelte alles. Sie musste mir aber leider sagen, dass sie an diesem Tag nicht mehr konnte. Aber wir verabredeten uns für den nächsten Tag. Ich freute mich wahnsinnig. Bereits viel zu früh, schnappte ich mir mein Fahrrad und radelte los. Ich wusste nicht genau wo sie wohnte. Wir wollten uns wo treffen und dann wollte Sie mir es zeigen. Es stellte sich heraus, dass ich gar nicht zu früh losgefahren war. Denn es ging immer mehr bergauf und ich kam, trotz täglichen Fahrradfahrens, so sehr aus der Puste, dass ich Pausen machen musste. Ich kam also am Treffpunkt lediglich fünf Minuten zu früh an. Ich wartete kurz. Ich rauchte zwar zu der Zeit schon, wollte aber nicht wie ein Aschenbecher riechen. Also habe ich es mir verkniffen. Ich guckte ein wenig umher und sah sie auf mich zukommen. Sie war noch ein ganzes Stück weg. Aber als sie aus dem Waldstück auf den Weg kam, begann es zu schneien. Es war immerhin schon März, dafür aber noch sehr kalt. Als sie durch die dicken Schneeflocken auf mich zukam, kam dieses Gefühl des absoluten Glücks wieder.

Sie gab mir also, als sie bei mir war, einen Kuss und wir gingen zu ihr. Ihr Haus war eines von nur sechs Häusern dieser Siedlung und ein wenig im Wald gelegen. Genau vor der Haustür floss ein Bach entlang. Wir gingen also ins Haus hinein. Es war bereits Musik an. Ich erinnere mich wie heute, das es die „Esperanto" Cd von Freundeskreis war. Wir setzten uns und unterhielten uns ein wenig. Irgendwie waren wir ziemlich schüchtern. Irgendwann lagen wir uns dann aber nur noch in den Armen und hörten der Musik zu.

Ein wenig gewundert hat es mich schon, dass sonst scheinbar niemand da war. Irgendwann ging Anna in die Küche. Ich saß also allein da. Auf einmal ging die eine Tür auf, mit einer Geschwindigkeit, dass es mich zusammenzucken ließ. Ich dachte natürlich nur daran: „jetzt kommt ihr Vater und das gibt Ärger", auch wenn ja nichts weiter Schlimmes passiert war.

Aber es war ihre Mutter, die, als sie sah, wie ich mich erschrocken hatte, gleich zu lachen anfing und sich entschuldigte. Sie setzte sich dazu und wir unterhielten uns sehr nett. Sie fragte dann noch, was ich trinken wolle und verschwand auch in der Küche.

Es war dann noch ein sehr netter Nachmittag, den ich sehr genossen habe.

Wir waren also jetzt richtig zusammen. So oft es ging, trafen wir uns. Sie war auf dem Gymnasium und hatte immer viel Schulstress und vor allem länger Schule als ich. Bei mir ging es jetzt langsam auf die Abschlussprüfungen zu.

Wir haben trotzdem immer die Zeit gefunden, uns zu sehen. Bald darauf hatte Sie auch Klassenfahrt und mir wurde bei dem Gedanken daran, das sie nicht da ist, ganz anders. Sie verreiste also. Diese Woche verging einfach nicht. Ich versuchte mich mit Lernen abzulenken. Schließlich war die Woche dann auch um. Zu dem Gefühl der Freude, dass ich sie endlich wieder sah, kam noch das ungute Gefühl, sie könnte mich vergessen haben oder mich nicht mehr wollen.

So stand ich also 1 ½ Stunden bevor der Bus ankam, am Busbahnhof und wartete und zerbrach mir den Kopf. Kurz bevor der Bus kam, kam dann auch ihre Mutter. Wir unterhielten uns noch kurz und sie bot mir dabei noch das „Du" an. Sie sagte: "Du brauchst dich mit dem „Sie" nicht so abmühen, ich bin Angelika".

Gut dachte ich mir. Sie findet mich zumindest nett.

Der Bus rollte ein. Ich versuchte Sie zu sehen, aber alle in diesem Bus standen und es war keine Spur von Anna. Was nun? Sie guckte nicht mal aus dem Fenster um mich schon vorher zu sehen!? Das heißt nichts Gutes. Ich war also völlig geknickt und erwartete eine abweisende Anna.

Der Bus stoppte und alle anderen Eltern gingen auf den Bus zu. Die Tür öffnete sich. Nur Jungs stiegen aus. „Toll" dachte ich mir.

Doch dann sprang jemand durch den ganzen Bus und drückte sich zwischen den Jungs vorbei. Ich sah, dass es Anna war. Sie rannte auf uns zu. Angelika machte ein paar Schritte nach vorne. Ich sah, dass Anna weinte. Bei mir zog sich alles zusammen. Sie war fast bei uns und Angelika hatte schon die Arme leicht nach vorne um ihre Tochter zu umarmen. Doch sie lief direkt zu mir und umarmte mich. Ich wusste es erst nicht zu deuten, doch dann sagte sie verweint: „ich hab dich so vermisst. Es war ohne dich nicht auszuhalten". Ich war natürlich mehr als glücklich über diesen Gefühlsausbruch. Zum Glück fand auch Angelika es nicht schlimm, erst als zweite umarmt zu werden.

So fuhren wir dann zusammen zu Ihren Großeltern und haben erstmal darauf angestoßen, dass sie wieder da war.

Unsere Beziehung entwickelte sich immer weiter. Ich war nur noch glücklich.

Natürlich gibt es auch mal Streit. Den gab es auch bei uns. Aber lange war es nichts, was die Welt zum Stillstand gebracht hätte.

Zur selben Zeit haben meine Eltern ein neues Haus gebaut. Da ich unglaublich nette Eltern habe, wurde mein Zimmer zuerst fertig gemacht und somit war der Rest noch Rohbau. Also der ideale Platz für Leute in unserem Alter. Meine Eltern erlaubten im unfertigen Haus Partys. Die Zeit war super. Es kamen Leute zu diesen Partys, die wir nicht kannten und alle hatten Spaß. Es wurde gefeiert, getrunken, natürlich auch gegessen. Auch ab und zu mal mehr getrunken als manche vertragen haben. Aber im Nachblick muss man sagen, es wurde sich fast immer ordentlich benommen. Selbst die den Alkohol nicht vertragen haben, haben es immer geschafft in ein Behältnis ihrem Magen Luft zu machen. Denn alle wollten wiederkommen, zur nächsten Party. Sogar das Aufräumen klappte immer. Wenn man das zu heute sieht, bin ich fast ein wenig irritiert, warum das damals selbst mit fremden Leuten auf der Party klappte. Heute wird doch eher der Moment genossen, egal was danach ist. Ob die Party nun noch mal an dem Ort ist oder woanders, interessiert heute auch fast niemanden mehr. Was wohl aber auch viel daran liegt, wie der Umgang schon von Kind an gepflegt wird. Aber ich will nicht in solch ein schwieriges Thema abschweifen.

Anna und ich waren nun schon eine Weile zusammen. Meine Prüfung waren da und ich lernte und konnte sie oft mehrere Tage nicht sehen. Sie hat das aber akzeptiert, vor allem weil sie auch wusste, dass es wichtig für mich ist. Genau so hab ich mir die richtige Frau immer vorgestellt.

Die Prüfungen waren also irgendwann geschafft. Das Ergebnis war auch gut. Es hatte sich gelohnt, dafür die Zeit zu investieren. Mein Abschluss war am Ende einer der besten an der Schule und alle waren stolz auf mich.

Selbst Annas Eltern sprachen mir Ihren Respekt aus, was mir auch einiges bedeutete. Dazu sei gesagt, Annas Eltern hatten sich kurz bevor wir zusammen gekommen waren, getrennt und somit war ihr Vater Cornelius nur selten mal bei ihnen. Anna nahm die Trennung auch sehr mit. Von Wut auf ihren Vater bis Verzweiflung über die gesamte Situation, war bei Ihren Gefühlen alles vertreten. In diesem Alter wusste ich aber auch nicht recht was ich tun soll. Wie sollte ich entgegenwirken, wenn sie darüber sprach.

Mit dem Abschluss in der Tasche, wusste ich nicht so recht, was ich machen sollte. Mein Vater wollte unbedingt, dass ich nun auch noch das Abitur machte. Wovon ich aber wenig begeistert war. Also suchte ich nach Optionen. Da ich schon immer recht Computer begeistert war, startete ich die Suche nach Lehrstellen. Ich landete bei IBM und versuchte mein Glück. Ich kam auch recht weit, was meinem Vater nicht gefiel. Zum Leid meines Vaters, kam ich aber irgendwann in ein Auswahlverfahren, in dem ich feststellen musste, dass es andere gibt, die noch besser sind als ich. Ich bekam die Lehrstelle also nicht. Mit diesem Fehlschlag, musste ich leider auch meinem Vater zugestehen, dass ich wohl doch besser das Abitur machen sollte. Also bewarb ich mich am Fachgymnasium. Die Optionen der Vertiefungen waren Technik oder Wirtschaft. Na und weil man meinte, sich nicht informieren zu müssen, dachte man, Technik wäre wohl das beste für einen. Ich wurde also angenommen.

Nun waren aber erstmal noch Sommerferien. Anna, ich und unsere Freunde verbrachten viel Zeit zusammen. Wenn sie nicht gerade bei mir übernachtete, zelteten wir alle zusammen. Machten bei meinen Eltern Pool-Partys und hatten eine gute Zeit.

Es hatte den Anschein, es lief alles blendend. Nichts könnte das ganze aus der Bahn bringen. Man machte nun schon Pläne, was man später alles zusammen haben will, Kinderwünsche, Hausbauen. Quasi war alles perfekt.

Lerne den zu schätzen der ohne dich leidet, und laufe nicht dem hinterher der ohne dich glücklich sein kann!*

Irgendwann wirst du mich fragen, was mir wichtiger ist: Du oder mein Leben. Ich werde dir antworten: "Mein Leben!" Du wirst weinend wegrennen und den Kontakt zu mir abbrechen, ohne zu wissen, dass DU mein Leben bist!*

Bild: Dave Wild

Kapitel 3

Wie aus Perfekt ein Alptraum werden kann

Die Sommerferien waren zu Ende. Nun begann ein neuer Teil, das Gymnasium rief. Es sollte mich auch gleich am ersten Tag mit voller Wucht treffen.

Ich hatte nun den Bereich Technik gewählt. Freute mich auf Computertechnik, technisches Zeichnen. Was mich aber erwartete war Elektrotechnik. Dazu muss ich sagen, dass dies ein Teil ist, mit dem ich nichts am Hut habe. Ich verstehe dieses ganze mit Widerständen, Kondensatoren und Relais nicht. Ich bekam also schon einen leichten Schweißausbruch, als ich sah, was uns in den kommenden Jahren erwartete.

Ich hatte mich inzwischen zu einem, sagen wir mal, sehr selbstüberzeugten Jungen entwickelt. Das kam natürlich bei den Wenigsten gut an. Ich hatte mir die Eigenschaft zugelegt, mich mit dieser Arroganz abzuschotten. Erst wenn man mich kennenlernte, konnte man merken, dass es nur eine Fassade ist, die im eigentlichen gar nicht existiert. Ich wollte immer der Beste sein, und aus der Angst versagen zu können, bildete sich diese Arroganz.

Diese Arroganz wurde mir nun bereits am ersten Tag zum Verhängnis. Mein neue Klassenlehrerin, Frau Gemüse, ja sie hieß wirklich wie diese Lebensmittel, begrüßte mich beim Eingang in die Klasse gleich mit den Worten „Na, Sie sind aber besonders von sich überzeugt". Ich hatte bis dahin weder was gesagt, noch mich anderweitig geäußert. Später sagte mir mal jemand, allein wie ich zu der Zeit auftrat, ließ diese Meinung unmissverständlich aufkommen. Ich hatte also, schon vor der ersten Vorstellung, einen Start, wie er schlimmer nicht sein konnte.

Das, was als nächstes kam, wurde auch nicht besser. Die Klasse bestand aus 20 Jungen und zwei Mädels. Was mich erstmal nicht störte. Anna war ja die, für die mein Herz bereits schlug. Aber dreiviertel dieser Klasse schienen Technik-Freaks. Es sollte sich rausstellen, dass es nicht nur so schien, sondern auch so war. Sie wussten die Antworten immer schon dann, wenn ich noch am Überlegen war oder gar nicht weiter wusste.

Mir wurde also bereits da klar, dass ich irgendwie falsch war. Nun war es aber für solche Überlegungen zu spät. Ich versuchte mich da durch zu zwingen.

Die erste Klausur war gleich bei Frau Gemüse. Es war Englisch. Das konnte ich eigentlich einigermaßen. Aber sie hatte fast alles mit Grammatik versehen. Das lag mir überhaupt nicht. Ich musste also einige Lösungen von meinem Nachbarn abschreiben, der mich auch ließ. Es war, im übrigen, der einzige mit dem ich auch schon vorher zur Schule ging. Der Donnie, war auch eigentlich nen ganz netter. Zwar nen bisschen eigen, aber sonst gut drauf. Deswegen war nen Abschreiben von ein paar Lösungen auch kein Problem, denn schließlich brauchte er auch mal Hilfe in anderen Fächern.

Nach Abgabe verstrich ein Woche. Wir bekamen die Arbeiten zurück. Der Notenspiegel wurde an die Tafel geschrieben. Es waren keine schlechten Zensuren, nur ein Ausreißer. Es gab einmal Null Punkte, also eine 6. Ich fand mich nicht so schlecht und machte mir keine Sorgen. Als die Arbeiten ausgeteilt wurden, blieb Frau Gemüse aber vor unserem Tisch stehen. Wir guckten uns an und waren nicht schlüssig, warum sie da nun stand. Hatte etwa einer von uns diese Null Punkte. Donnie hatte auch nen Zweier-Abschluss gemacht und konnte eigentlich auch nicht dermaßen schlecht gewesen sein. Sie grinste und knallte mir die Arbeit hin, meinte dazu noch: „So bleiben Sie nicht lange bei uns".

Ich schaute rasch die Blätter durch. Es waren wenige Fehler angestrichen. Außer bei einer Aufgabe. Diese war, mit dem so beliebten Lehrerrotstift, durchgestrichen. Am Ende der Arbeit stand: „NULL Punkte, Betrugsversuch" weiter darunter war geschrieben: „Bei Arbeiten hilft solch arrogantes Gehabe leider nicht".

Ich fing sofort das Diskutieren an. Denn ich hatte ja nur zwei Sachen abgeschrieben. Diese waren dazu noch falsch. Aber daraus meinte sie zu wissen, dass ich abgeschrieben hatte. Sie meinte nur, wenn ich weiter diskutieren würde, würde mein Herr Nachbar gleich auch noch null Punkte bekommen, dafür, dass er hat abschreiben lassen. Nun ja, ich fügte mich, das wollte ich ja nun auch nicht. Ich war außer mir. Aber was will man mit 16 Jahren schon dagegen tun. Selbst Protest an höherer Stelle hätte nichts gebracht. Der Lehrer hat immer Recht. Zumindest wenn man 16 Jahre ist.

Was für ein toller Start. Die erste Zensur war gleich eine 6. Ich ging nach Hause. Anna war schon bei mir. Sie hatte zwei Freistunden und wir haben den Haustürschlüssel immer so versteckt, dass der andere daran kam. Ich erzählte ihr was geschehen war. Aber irgendwie kam nicht das Feedback, was ich erhofft hatte. Aber zumindest sagte sie, dass wir das schon wieder ausgebügelt bekämen und die 6 da nicht lange allein steht.

Aber auch sonst verschlechterte sich unser gemeinsames Sein. Wir mussten weiter beide viel lernen. Bei ihr brachte es was, bei mir wollte aber nichts mehr gelingen.

Weiter kam meine endlose Eifersucht dazu. Ich wollte nicht, dass sie alleine weg ging. Ich wollte auch gar nicht mehr weggehen. Es könnte sie ja jemand gut finden und sie könnte mir weglaufen. Was ich aber mit meiner Eifersucht noch schürte. Trotz mehrmaliger Hinweise von anderen, dass ich sie damit verlieren könnte, wollte ich nicht hören. Die Lage spitzte sich weiter zu. Mit meinen Misserfolgen wurde auch die Eifersucht stetig größer. Der Zusammenhang ist zwar heute zu sehen, damals aber konnte ich das nicht trennen.

Wir machten zwar noch viel mit unseren Freunden. Aber es wurde langsam anders. Unser Team, fing an zu bröckeln. Kappy machte seine Ausbildung in Wolfsburg. Er war der beste Freund von Backy. Als Kappy ging, war das ziemlich hart für Backy. Als nun auch noch Backy's Mutter wegzog, wusste er nach der Schule nichts mehr mit sich anzufangen. Er hatte auf einmal einen anderen Freundeskreis. Stand schon am Nachmittag mit nem Bier da. Mit uns machte er kaum noch was.

Eines Tages war ich mit Anna in der Stadt unterwegs. Sie traf Freunde aus ihrer Schule und ich sollte warten. Es zog sich ewig hin und ich ging umher und rauchte. Als sie dann kam und ich weg war, eigentlich war ich nur um die Ecke, gab das ein riesen Streit. Wir gingen allein nach hause. Da wurde mir bewusst, dass das nicht hätte sein müssen. Ich ging zu ihr und entschuldigte mich, auch wenn ich eigentlich nicht wusste für was. Ich wollte nur, dass wieder Frieden ist.

Einige Zeit später war in ihrer Schule eine Feier. Wir gingen hin. Ihre Mutter fand es, glaub ich, auch immer ganz gut, wenn ich dabei war, denn im eigentlichen wollte ich ja immer schon älter sein, als ich eigentlich war. Versuchte also auch immer sehr vernünftig zu handeln. Bei dieser Feier unterhielt sie sich die ganze Zeit mit so einem Kerl mit langen Haaren, die zum Zopf gebunden waren. Ich mochte Ihn nicht und nun quatschte er auch noch mit Anna. Ich wollte irgendwann nur noch weg. Aber sie wollte noch unbedingt bleiben. Ok, dachte ich. Sei halt nicht so eifersüchtig. Doch es wurde immer später und sie unterhielten sich immer weiter. Jetzt wollte ich gehen, meine Eifersucht war inzwischen grenzenlos und ich stand kurz davor, dem Typen, der im übrigen Norton hieß, eine rein zu hauen. Nach einem bestimmten „Anna wir gehen", kam sie dann auch mit, aber verabschiedete sich bei Norton mit einer innigen Umarmung. Ich kochte vor Wut und Eifersucht.

Das Wochenende war vorbei. Anna war das Wochenende wieder bei mir und ich dachte nicht mehr an diesen Typen, der wie ich mir fälschlicherweise einbildete, mir eh nicht das Wasser reichen konnte. Da war sie wieder, die Arroganz, die da nicht sein sollte.

In der Schule war der Kontakt zu meinen Mitschülern eher mager. Es gab da nur ein paar wenige mit denen ich klar kam. Zum einen war da der Sven, ein Typ, der so ähnlich war wie ich, der auch nur Abitur machen sollte, weil Papa das gerne wollte und der auf Autos stand. Weiter war da war der Micha. Das war einer, der seinen Abschluss an der Realschule mit 1,0 machte. War aber sonst ziemlich nett.

Als ich aber an diesem Montag zu Schule kam, wurde verkündet, dass einige Schüler die Klasse verlassen hatten, weil es nicht das Richtige für sie war, oder sie doch eine Lehrstelle gefunden hatten. Ich hatte Sven noch gar nicht gesehen, aber vielleicht war er nur krank.

Aber irgendwer fragte dann, wer die Schüler waren. Mich traf der Schlag, auch Sven war einer dieser, die nie wieder kommen sollten. Aber unsere Wege sollten sich später wieder kreuzen.

Es war ja noch der Micha da. Er interessierte sich ziemlich für Computer und Internet. Zu der Zeit hab ich schon des Öfteren mal hier und da ne Website entworfen, oder Computer repariert. Doch der Micha konnte noch einiges, was ich nicht konnte. Zeigte und erklärte mir einiges, und ich erklärte ihm dafür andere Sachen, wie Website-Erstellung. Irgendwann entstand dann die Idee, wir könnten uns doch damit selbstständig machen und das Taschengeld aufpolieren.

Er war auch recht schnell davon angetan. Also starteten wir. Keiner nahm uns für voll. Aber wir waren gerade in der Zeit von „.com" , was bedeutete, das es gar nicht so eigenartig war. Wir waren aber noch nicht volljährig, daher musste mein Vater ein Gewerbe für uns anmelden. Wir hatten auch recht schnell gute Aufträge. Auch über recht große Summen. Mir war es erstmal egal, was ich verdiente, weil ich ja gutes Taschengeld bekam. Der Micha sah das aber anders. Er hatte nicht so ein gut aufpoliertes Taschengeld und wollte auch mal was von dem Geld haben. Ich konnte es aber immer wieder verhindern. Ein Fehler.

Zur gleichen Zeit belächelten uns auch andere. Es war ja auch nicht üblich, so jung und noch an der Schule und dann ein Gewerbe. Auch Anna belächelte uns, oder besser sie glaubte, ich wäre bald wieder davon weg. Als ich aber nach einer Zeit immer noch daran glaubte und mich ständig mit diesen Computern befasste, um mehr darüber zu lernen, begann ich sie zu langweilen. Was ich verstehen kann. Die Zeit am Computer wurde immer länger. Die Streitigkeiten darüber immer häufiger.

Einige Wochen später, es war bereits Frühjahr und es war mal wieder eine Feier an Ihrer Schule, sollte das Perfekte zu meinem Alptraum werden. Eigentlich wollte Anna die Nacht noch bei mir verbringen, weil sie zwei Tage später auf Klassenfahrt ging. Also sind wir auf diese besagte Feier gegangen. Anna hatte aber auch kein Rucksack wie sonst dabei, wo ihre Sachen drin waren, was mir aber erst später auffiel. Auf der Party war wieder dieser Norton. Sie unterhielten sich wieder Stunden lang. Irgendwann war keiner mehr da, mit dem ich mich unterhalten wollte oder konnte und ich wollte nach Hause. Ich sagte es Anna. Sie kam auch gleich mit. Als wir die Feier verließen, war mir irgendwie komisch. Ich wusste nicht, ob es meine Eifersucht war oder mir nur übel vom Alkohol war. Anna nahm ihr Fahrrad und gab mir noch einen flüchtigen Kuss und sagte, dass sie mich liebte. Wir gingen die Stadt hinunter. Am Ende angekommen stoppte sie. Ich fragte was los sei. Sie meinte nur, sie übernachte bei ihrem Vater, der ungefähr ganz am Ende der Stadt wohnte. Was danach folgte, brachte meine Welt zum wanken.

Sie sagte mir, das sie mich zwar liebte, es aber nicht reichte.

Sie trennte sich von mir. Ich ging nach Hause, allein. Saß allein in meinem Zimmer und fing bitterlich an zu weinen. Es war zu Ende. Mein Leben schien es auch zu sein.

Lebe wohl! - du fühlest nicht,
was es heißt, dies Wort der Schmerzen,
mit getrostem Angesicht
sagest du's und leichtem Herzen.
Lebe wohl! - Ach, tausendmal
hab' ich es mir vorgesprochen
und, in nimmersatter Qual,
mir das Herz damit zerbrochen!*

Bild: Singa

Kapitel 4

Ohnmacht

Da war ich nun. Allein. Inzwischen 17 Jahre und mir schien alles vorbei. Was denkt man in solch einem Moment? Man will alles tun um es wieder zu ändern. Also legte ich los. Schrieb Briefe. Seitenlang. Gab mir an allem die Schuld. Flehte und bettelte um eine Chance es besser zu machen. Brachte ihr Blumen. Beauftragte Freunde mit ihr zu sprechen. Ich denke, ich machte alles, was man in dem Alter machen konnte. Aber es brachte nichts. **Natürlich nicht**.

Als ich begriff, dass es kein Zurück gab, gab es auch keinen Weg mehr für mich nach vorne. Ich erinnerte mich, dass ich aus Zeiten der Real-Schule eine Waffe hatte, die ich von einem der „Rechten" gekauft hatte. Einfach um sie zu besitzen. Ich ging also in unser Büro und warf den Computer an. Schrieb was wer kriegen sollte, was eigentlich komisch war, denn mit 17 hat man eigentlich nicht wirklich was. Nun las ich im Internet durch, wo und wie man die Waffe anlegen musste, um danach auch ja kein Pflegefall zu sein.

Es war ein Freitag Abend. Es war gerade eine Open-air Party und ich traf Anna. Leider musste ich ´sehen, dass Norten nun Ihr Neuer war und sie nur Mitleid für mich empfand. Sie küsste Ihn quasi vor mir. OK, es waren zwar 50 Meter Luftlinie dazwischen, aber das traf mich so tief im Herzen, dass ich dachte noch vor Ort sterben zu müssen.

Außer mir rannte ich los. Micha und Donnie waren auch da und merkten, dass was nicht stimmte. Sie folgten mir. Nach einer Weile, konnten sie mich einholen. Ich wollte erst nicht erzählen, aber dann brach es doch aus mir heraus. Ich erzählte ihnen, welch Schmerz sich gerade in mir ausbreitete. Zu der Zeit wusste ich nicht, dass dieser Schmerz ein Kindergeburtstag war, im Gegensatz zu dem, was noch kam.

Aber Micha und Donnie, die, wie ich annehme, auch völlig überfordert waren, redeten mit Engelszungen auf mich ein. Damit sie aufhörten, kam ich auch wieder mit. Inzwischen war es dunkel geworden. Auf der Party waren super viele Menschen. Daher fiel es nicht auf, das ich mich irgendwann aus dem Staub machte. Ich hatte ein klares Ziel vor Augen. Es schien nur einen Ausweg zu geben, um den diesen Schmerz zu stillen.

Da saß ich nun in unserem Büro und habe gelesen, wie man die Waffe richtig halten musste und wohin. Das Magazin war bestückt und die Waffe durchgeladen. Ich saß da und weinte bitterlich. Ich musste daran denken, was passiert, wer mich findet, was Anna denken würde. Ich dachte alles, außer wie es meinen Eltern gehen würde.

Ich legte also die Waffe an und merkte das kalte Metall. Ich machte die Augen zu und hoffte, dass es nicht weh tut und ich nichts falsch mache. Den Finger am Abzug. Es sprang die Bürotür auf. Micha stand da und brüllte mich an. Vor Schreck hatte ich fast abgedrückt. Er brüllte mich an und rannte auf mich zu, um eine Sekunde später die Waffe an sich zu reißen.

Nach einer Standpauke, die ich wohl verdient hatte, es aber nicht einsehen wollte, redeten wir noch einen Moment. Draußen standen Donnie und ein Mädchen. Ich kannte sie von Anna. Sie gingen auf dieselbe Schule. Micha und ich gingen also raus. Donnie stand da mit ihr. Sie hieß Christie. Hatte braune Harre und war ungefähr 170cm klein. Also klein gegenüber mir. Denn ich bin 186cm, damit wohl relativ groß. Sie fragte, ob alles ok sei, aber ich konnte noch immer nicht sprechen. Also nickte ich nur. Ich weiß bis heute nicht ob, sie wusste was da fast passiert war, oder einfach nur nett war.

Wir gingen wieder in Richtung dieser Feier. An einer Bank sagte Christie, dass sie mit mir mal sprechen will und die Anderen ruhig gehen sollten. Wir setzten uns also auf diese Bank, die in ein warmes Orange der Straßenbeleuchtung getaucht war. Wir saßen da und wir rauchten. Sie wollte wissen, was los sei. Aber ich konnte es ihr nicht sagen, ich kannte sie erst eine Stunde. Vorher kannten wir uns nur vom Sehen. Wir redeten also mehr von anderen Dingen. Sie merkte aber, dass es mir schlecht ging und nahm meine Hand und legte meinen Kopf an ihren Oberkörper. Das Gefühl der Nähe tat gut. Wir sprachen nichts. Es begann zu regnen, doch wir blieben sitzen. Irgendwann, als ich merkte, dass sie zu zittern begann, sagte ich, sie solle nach Hause gehen. Hab ihr gedankt und sie gab mir einen Kuss auf die Wange.

Am nächsten Tag ging es mir zwar noch immer schlecht, aber ich dachte an Christie und bat Sabrina um Ihre Handynummer. Inzwischen waren Handy und vor allem Prepaid sehr beliebt. Ich bekam also die Nummer. Ich schrieb ihr eine nette Sms. Das Gute an Handys ist, dass man mit ihnen nicht zwingend telefonieren muss, um mit jemandem zu kommunizieren. Ich bekam recht schnell eine Antwort und ich fragte, ob wir uns treffen wollen.

Kurz darauf stand ich vor ihrer Haustür. Eigentlich war sie nicht mein Typ. Sie war eher locker gekleidet, ich steh mehr auf das Elegante. Aber sie war nett und ihre Nähe schien mir gut zu tun.

Wir gingen also in ihr Zimmer. Davor war ein riesen Balkon und die Sonne schien schon recht warm. Also setzten wir uns mit Kissen auf den Boden des Balkons.

Wir erzählten stundenlang und mir ging es gut. Sie schien mich zu mögen. Also war das Gefühl noch um einiges besser. Wir kamen uns über das viele erzählen, immer näher. Irgendwann hielten wir einander die Hände und ihr Kopf war an meiner Schulter. Die Abendsonne schien noch immer recht warm auf unsere Gesichter und wir sagten eine ganze Zeit nichts. Abends trafen wir uns mit einem Teil ihrer Freunde. Aber nur kurz. Wir gingen wieder zurück zu ihr. Saßen wieder auf dem Balkon und tranken entspannt eine Flasche Wein. So verhielt es sich die nächsten Tage weiter. Wir trafen uns, erzählten oder waren uns nur ein wenig nahe. Mir tat es gut. Der Schmerz wurde weniger. So schien es.

Es war, glaub ich, an einem Freitag, wir verabschiedeten uns und drückten uns. Allerdings war es anders als sonst. Sie wollte nicht loslassen und als dann doch, haben wir uns geküsst. Nur leider, ja wie soll ich sagen, es war nicht Anna. Alles war wieder da. Mein ganzer Körper begann zu brennen. Ich dachte, ich hätte es verkraftet. **ABER DEM WAR NICHT SO.**

Sie merkte es scheinbar und hörte auf. Keiner sprach etwas und wir sagten nur „bis bald".

Das war das letzte Mal, dass wir miteinander sprachen. Schade eigentlich. Doch bis heute guckt sie weg, wenn wir uns durch Zufall treffen.

Danach? Ja was kam danach? Ich war wieder am Anfang. Scheinbar völlig überwältigt von diesem erneuten Schmerz, diesem Gefühl der fehlenden Nähe und der Geborgenheit, zu meiner doch so geliebten Anna, kann ich mich an einige Wochen nicht erinnern. Nur das es in der Schule immer schlimmer wurde.

Die Liebe stirbt nie einen natürlichen Tod. Sie stirbt, weil wir das Versiegen ihrer Quelle nicht aufhalten, sie stirbt an Blindheit und Mißverständnissen und Verrat. Sie stirbt an Krankheiten und Wunden, sie stirbt an Müdigkeit. Sie siecht dahin, sie wird gebrechlich, aber sie stirbt nie einen natürlichen Tod. Jeder Liebende könnte des Mordes an seiner eigenen Liebe bezichtigt werden.*

Bild:kstudie

Kapitel 5

Von Urlaub und anderen Versuchen des Vergessens

Das Schuljahr war vorbei. Wir hatten Sommerferien. Ich hatte das Jahr irgendwie geschafft und keine 5 auf dem Zeugnis. Micha machte gerade den Führerschein und wir machten den Plan, wenn er bestand, in den Urlaub zu fahren. Wir wollten nach Boltenhagen, sprich, schön an die Ostsee.

Micha hatte also praktische Prüfung und ich saß zuhause und hoffte, dass er besteht. Den Wagen hatte er auch schon zuhause stehen. Den hatte mein Vater durch Zufall vermitteln können. Am späten Nachmittag kam Micha also bei mir vorbei. Völlig aufgeregt fragte ich immer wieder, wie es gelaufen war. Als ich dann mal den Mund hielt, verzog er keine Miene und meinte nur "Nicht bestanden". Mich traf der Schlag. Wie kann das sein, der Micha konnte doch alles so super. Was war mit dem Urlaub? Auch der würde jetzt nicht stattfinden. Wir sagten beide nichts und starrten eine Weile vor uns hin. Auf einmal sprang der Micha auf und sagte "Wann wollen wir los, das Auto steht vor der Tür". Wir begannen beide zu lachen und ich gratulierte Ihm. Noch am selben Tag brachen wir in Richtung Ostsee auf.

Wir hatten das Auto vorher schon gut präpariert. Eine neue Anlage verbaut. Den Cd-Wechsler mit ausreichend guten Alben bestückt, die nur darauf warteten, laut gehört zu werden. Am frühen Abend brachen wir auf. Mit ausreichend Verpflegung und der Hoffnung auf weiterhin gutes Wetter. Zum Navigieren benutzten wir zu der Zeit noch die gute alte Landkarte. Nach zwei Stunden stellten wir fest, das wir noch gut drei Stunden Fahrt vor uns hatten und wir lieber Pause machen sollten, zumal der Micha ja erst seit diesem Tag den Führerschein hatte. Also rief ich bei meiner Großtante an. Zu Ihrem Bauernhof war es nur ein kleiner Umweg. Dort trafen wir am späten Abend ein, und auf uns wurde schon mit Gegrilltem gewartet.

Gut gestärkt, brachen wir am nächsten Morgen wieder auf. Leider musste ich mal wieder an Anna denken. Gerne hätte ich sie auch hier gehabt. Diese Gedanken, waren aber bei dem sonnigen Morgen schnell vergessen. Wir öffneten das Schiebedach und wählten absichtlich den Weg über Landstraßen und

Dörfer, um es genießen zu können, dass wir nun alleine unterwegs sein konnten.

Gegen Mittag erreichten wir die Ostsee. Unser Ziel. Leider mussten wir feststellen, dass wir nicht die Einzigen mit diesem Ziel waren. Wir hatten nicht daran gedacht, dass Sommer ist und die Ostsee dann immer gut besucht war. Wir hatten aber daran gedacht, rechtzeitig auf einem der Zeltplätze zu reservieren. Guter Dinge fuhren wir dorthin. Allerdings mussten wir schockiert feststellen, dass unsere Reservierung nicht mehr existierte. Unsere Reservierung wurde, wegen zu großem Andrang, am Vortag an andere vergeben.

Wir hatten kein großes Budget. War also die Frage, was tun. Also stellten wir das Auto ab und gingen zu Fuß den Ort ab. Nach Stunden mussten wir feststellen, dass selbst im christlichen Feriendorf nichts mehr frei war, von den anderen Hotels und Anlagen ganz zu schweigen.

Wir wollten zurück zum Wagen und in einem anderen Ort nach etwas freiem suchen. Am Wagen angekommen, kam aber der nächste Schreck. Der Wagen, der den ganzen Tag in der prallen Sonne stand, sprang nicht mehr an. Nun gut, ich hatte im Schrauben ja ein wenig Erfahrung und das passende Werkzeug hatte der Micha im Kofferraum. Also versuchte ich mein Bestes. Nach einer halben Stunde war es dann auch vollbracht. Der Wagen sprang wieder an und es konnte weitergehen.

Also machten wir uns auf zum nächsten Ort. Dort stand aber bereits am Ortseingangsschild, dass nirgends mehr Plätze frei waren. Aber wir hatten noch immer gute Laune und sagten uns, irgendwo wird es schon was geben. Also machten wir uns in das 50km entfernte Kurbad auf. Dort angekommen war es bereits dunkel. Wir sahen nur Menschen über Menschen und uns schwante langsam, dass wir wohl heute nichts mehr finden werden. Nach einer Weile der Suche, bis hin zur Anfrage im Hotel „Mercure", was auch keine Plätze mehr frei hatte, machten wir uns wieder auf den Weg zum Ausgangspunkt. Es war inzwischen kühler geworden. Es wehte ein lauer Wind, der aber angenehm war und ein wenig Entspannung verschaffte. Als wir am Ziel waren, wussten wir, dass es eine Nacht im Auto werden würde.

Das störte uns aber nicht. Die Sitze waren, wie bei einem französischen Wagen üblich, sehr weich und vollständig umklappbar. Also bereiteten wir unseren Schlafplatz vor und gingen noch an den Strand. Dort tranken wir dann ein paar Bier und erzählten. Genossen das Lagerfeuer, was ein Stück neben uns eine Gruppe Jugendlicher angesteckt hatten und gingen irgendwann zurück zum Wagen um zu schlafen.

Ich dachte immer weniger an Anna. Besser gesagt, ich versuchte sie aus meinem Kopf zu verdrängen. Das schien mir immer besser zu gelingen.

Die Nacht war kurz, denn morgens standen die ersten älteren Herrschaften vor dem Wagen und konnten sich nicht verkneifen, sich ihre Nasen an den angeschwitzten Scheiben zu zerdrücken, wohl in der Hoffnung, was anderes außer zwei Kerle zu sehen.

Nach einem Frühstück am Strandkaffee, wollten wir uns weiter auf die Suche nach einer Unterkunft machen. Irgendwie kamen wir aber nicht los, erst waren wir noch schwimmen, dann haben wir noch entspannt. So wurde es immer später. Als wir dann gegen Mittag loskamen, brannte die Sonne schon wieder unermüdlich. Wir fuhren wirklich alles ab. Guckten und verhandelten. Aber wir sollten nichts finden. Was uns aber bei der späteren Heimreise aufgefallen ist, war, dass wir so viele Sachen gesehen haben. An so vielen Aussichtsplattformen standen, die wir ohne die Suche nie besucht hätten.

Irgendwann hatten wir uns darauf geeinigt, nicht weiter zu suchen und die Tage im Auto zu verbringen. Duschen und andere hygienische Notwendigkeiten konnte man auf den Zeltplätzen vornehmen. Somit war es gar nicht das große Problem im Auto zu nächtigen.

Die Tage vergingen. Wir waren völlig entspannt. Was fehlte, war allerdings noch der Kontakt zu anderen. Vor allem der Kontakt zu hübschen Frauen.

Wir hatten zwar schon einige hübsche Frauen gesehen. Aber an den meisten klebten schon andere „Verfolger". Vor allem an einer gutaussehenden jungen Frau. Die war ungefähr 180cm groß, hatte lange dunkelbraune Haare und war offensichtlich natürlich gebräunt. Noch dazu sah sie aus, als wäre sie direkt aus einem Modelmagazin. Sie hatte ein Lächeln, was so sexy war, das durch unsere Adern Lava floss. Aber wir dachten uns, dass wir da erst gar nichts versuchen brauchten, da schon so viele um sie und ihre Freundin herumschwänzelten.

Am Abend gingen wir zum Strand. Dort war ein Anlegesteg für Boote, wo abends auch die Leute angelten. Es war recht interessant dabei ein wenig zuzusehen. Irgendwann meinte der Micha aber, dass dort unter dem Anleger wieder die zwei Schönheiten sind. Die beiden setzten sich gerade an den Strand. Wir sprangen auf. Vom Anleger konnte man nach unten auf den Strand schauen. Wir wollten das alles natürlich ganz unauffällig machen. Als wir dann fast über Ihnen standen, blickte die eine mit diesem atemberaubenden Lächeln hoch. Wir taten so, als ob wir woanders hinschauten. Es sollte ja nicht so aussehen als würden wir sie anstarren oder beobachten wollen. Sie merkten es aber. Als wir das nächste mal runter schauten, blickten beide immer noch in unsere Richtung. Wir erschraken, vor allem als uns beide noch zuzwinkerten.

Wir fragten uns, ob die beiden das nur machten um uns zu veralbern, weil wir da oben standen und sie angestarrt hatten. Ein wenig beschämt gingen wir vom Anleger. Wir hatten schon eine Bar gefunden, in der wir auch die Abende zuvor immer hingegangen waren. Angeregt unterhielten wir uns darüber, wie dümmlich wir uns anstellten. Wir nicht erwarten könnten, dass die beiden nun gerade uns zuzwinkerten, aus Sympathie, auch wenn wir beide nicht die Hässlichsten waren.

In der Bar angekommen, tranken wir erstmal nen schönes kaltes Bier. Als wir ein paar Schluck genommen hatten, gingen direkt an unserem Tisch, der quasi aber auch schon auf dem Gehweg stand, die beiden Schönheiten vorbei. Sie lächelten uns an und setzten sich an das andere Ende der Bar, an einen Tisch. Irgendwie waren wir unsicher. Was sollte das. Die hatten doch schon etliche andere gutaussehende Typen angebaggert und auf Drinks eingeladen und immer hatten die Mädels ne Abfuhr gegeben. Die Mädels bestellten sich zwei Longdrinks. Ab und zu schauten wir, natürlich möglichst unauffällig, hinüber. Meistens wählten wir allerdings den falschen Moment, so dass sie es merkten. Nach einer Weile der Unsicherheit hatte ich aber die Nase voll. Die Longdrinks der beiden leerten sich rasch und ich sagte dem Ober, er solle Ihnen neue bringen und auf unsere Rechnung setzen. Ich dachte mir, das uns ja nichts passieren könnte, außer, dass die beiden sich einfach nur nen Spaß gemacht hatten. Kurz darauf brachte der Ober den Beiden auch die Drinks. Sie schauten rüber und bedankten sich. Micha und mir schoss sofort dasselbe durch den Kopf, „Die wollen nur umsonst was trinken".

Umso mehr verwundert waren wir, als die beiden sich erhoben, gleichzeitig. Ihre Drinks waren noch voll, also gehen wollten sie nicht. Sie nahmen ihre Drinks und kamen auf uns zu. Ich meinte noch zu Micha, „Was kommt jetzt?".

Dass, wir aufgeregt waren, konnten wir wohl nicht leugnen. Ich fühlte mich, als ob mein Kopf eine Tomate wäre und guckte schnell noch in den Spiegel neben mir in der Bar. Zumindest sah ich von außen noch ziemlich normal aus. Sie standen nun also vor unserem Tisch. Die eine sagte „Dürfen wir uns zu euch setzen oder stören wir Euch?!" Was für eine Frage, dachte ich. Wir sagten den beiden, dass sie sich natürlich setzen konnten. Wir stellten uns zuerst einander vor. Die mit dem strahlenden Lächeln hieß Carmen und ihre Freundin Angelina. Kurioserweise, sagten sie in einer ihrer ersten Sätze zu uns, dass sie schon Angst hatten, dass sie uns stören könnten oder sie zu aufdringlich waren. Mein Ego schoss ein Purzelbaum und schwoll zu einem Monument an.

Sie waren aus der Nähe von Rothenburg und wollten noch ein paar Tage bleiben. Dass wir am nächsten Tag fahren wollten, erzählten wir den beiden natürlich nicht. Zuerst unterhielten wir uns noch alle zusammen. Aber irgendwann wurde gesplittet. Micha unterhielt sich mit Angelina und ich mit Carmen. Wir saßen noch eine ganze Weile in dieser Bar. Aber in Kurorten ist irgendwann Zapfenstreich und die Bar wollte schließen. Was nun tun, nach Hause wollte keiner. Ihnen zu sagen, dass unser Zuhause im Auto ist, wollten wir außerdem nicht. Ich schlug also vor, noch an den Strand zu gehen. Micha fiel ein, dass wir noch ein Menge Alkoholvorrat im Auto hatten, den wir gar nicht angerührt hatten, weil wir immer in dieser Bar was trinken waren. Also holten wir zusammen was zu trinken aus dem Auto und gingen wieder zum Strand. Dort angekommen, war es ein wenig frisch durch die Ostseeluft. Ganz Gentleman baten wir den beiden an, wir könnten uns ja einfach in zwei Strandkörbe setzen, um nicht auf dem inzwischen kalten Sand sitzen zu müssen. Vor allem hatten beide so schöne Kleider an, die bei dem inzwischen klammen Sand wohl weniger schön ausgesehen hätten. Also brachen der Micha und ich zwei Strandkörbe auf. Wir zerbrachen dabei lediglich das Schloss und haben dafür jeweils zwanzig DM am Korb hinterlassen. Nun saßen wir also da, erzählten und es wurde immer kühler, weil auch immer später. Micha rannte los und besorgte aus dem Auto noch zwei Decken, was der Atmosphäre nicht schadete. Es wurde dann in keinem der zwei Körbe kalt.

Irgendwann mussten wir uns dann aber doch trennen. Es wurde langsam hell und wir wollten an diesem Tag ja auch wieder Richtung Heimat. Wir gingen also vom Strand zum Auto und verabschiedeten uns, ja sagen wir mal, gebührend. Beide Seiten bedauerten zwar die Abreise und, dass wir uns nicht schon vorher getraut hatten sie anzusprechen, was nun aber nicht mehr zu ändern war. Die beiden gingen und ließen uns Ihre Telefonnummern da. Jetzt erst merkte ich, wie viel Mut sich der Micha angetrunken hatte. Die restliche Zeit, in der ich versuchte zu schlafen, verbrachte der Micha damit, den Alkohol wieder aus seinem Magen zu bringen. Die Nacht war also kurz und der Weg nach Hause lang.

Als die Sonne uns dann an der Nase kitzelte und es in dem Wagen allerdings auch gerochen hat als wäre darin eine Party gefeiert wurden, beschlossen wir aufzustehen und mindestens fünf Liter schwarzen Kaffee zu trinken.

Nach der morgendlichen Körperhygiene und dem anschließenden Frühstück machten wir uns, wenn auch nach diesem Erlebnis ein wenig wehmütig, an die Heimreise. Die Sonne brachte den Wagen im Inneren wieder schnell an Temperaturen, die einer menschenfeindlichen Umgebung glichen. Aber wir hielten durch, die ganzen fünf Stunden. Am späten Nachmittag waren wir dann wieder zuhause. Schön war es gewesen, doch leider sollten Micha und ich uns nie wieder so gut verstehen.

Die Summe unseres Lebens sind die Stunden, in denen wir liebten.*

*Frauen würden noch reizender sein,
wenn man Ihnen in Ihre Arme fallen könnte,
ohne in Ihre Hände zu fallen.**

Kapitel 6

Volljährigkeit und andere Kuriositäten

Es war inzwischen schon ein dreiviertel Jahr später. Anna war immer noch in meinem Kopf und vor allem in meinem Herzen. Doch ich gab mir alle Mühe, sie aus meinen Gedanken zu verdrängen. Was ich nicht verstand war, dass, sie es immer noch schaffte, mich völlig aus der Bahn zu werfen und ich es nicht mitbekam. Es wurde Frühling und mein Geburtstag stand vor der Tür. Der wichtigste bis zu diesem Zeitpunkt. Ich wurde 18 Jahre. Was ja nun endlich bedeutet, man darf selbst entscheiden. Ich war in der 12. Klasse, was aber nicht hieß, dass die Schule toll war und ich sonderlich gut. Beides war eher das Gegenteil und mir fiel alles sehr schwer. Vor allem kam ich mit kaum jemand in der Klasse klar und mit Micha hatte ich mich zerstritten. Was dazu führte, das unsere Firma schon wieder der Vergangenheit angehörte. Ein paar Leute gab es aber noch, mit denen ich zumindest ein wenig klar kam. Da war der Chris, der inzwischen begonnen hatte Bodybuilding zu machen und gerade dabei war, sich die nächste Kur Anabolika zu verabreichen und der Donnie, den ich ja schon lange kannte.

Es fehlte mir vor allem der Erfolg. Welcher Erfolg war mir egal. In der Schule klappte es nicht, also versuchte ich den Weg der Frauen, Eroberung als Erfolg zu wählen, anstatt zu lernen. In unserer Klasse war das eher suboptimal, da die Frauen, die in der Klasse waren, nicht wirklich meinen Geschmack trafen. Also blieb noch die Parallelklasse. Da waren vor allem auch Frauen, die ein zweites mal hinsehen schon verdient hatten. Es gab da eine feste Gruppe von fünf Mädels. Diese waren befreundet und sahen auch alle recht bezaubernd aus. Allerdings waren da auch zwei dabei, die hatten es mir angetan. Leider sollte es sich rausstellen, waren es auch die schwierigsten dieser Gruppe. Die eine war gut gebaut, hatte lange braune Haare und war ungefähr 170cm groß und hieß Julia, die andere war sehr schlank und hatte kurze blonde Haare, war ungefähr genauso groß und hieß Stella. Beide waren sehr gut befreundet. Stella blickte aber immer böse drein und man hatte das Gefühl sie wollte ja nicht angesprochen werden. Also versuchte ich es zuerst bei der, die nicht so schwierig erschien. Es war also Julia.

Ich versuchte also Kontakt zu bekommen. Verwickelte sie in Gespräche und fragte nach möglichen Treffen. Aber sie ließ mich fast immer abblitzen. Sie hatte bereits ein Auge auf jemand anderes geworfen. Als mir Julia, vorerst den letzten Korb gab, bekam ich in einer Chemie Stunde auf einmal eine SMS. Sie war von Stella. Ich soll mich davon nicht runterziehen lassen und Julia ist halt schwierig. Ich kam also mit Stella zumindest per SMS ins Gespräch. Das ging den ganzen Tag. Am nächsten Tag war ich aber freigestellt, weil ich einen Termin hatte. Umso verwunderter war ich, als am späten Vormittag eine SMS von Stella kam, wo ich sei. Ob ich krank wäre. Da sie ja in der Parallelklasse war, konnte ihr nur auf der Hofpause aufgefallen sein, dass ich nicht da war. Erstaunlich dachte ich, dass ihr das aufgefallen war. Wir kamen also weiter ins Gespräch. Leider erwähnte sie auch immer wieder ihren Freund. Was dem ganzen einen blöden Beigeschmack gab und mir nur wenig Chancen einräumte. Wenn ich ehrlich bin, wollte ich sie ja auch nicht heiraten, aber mehr erhoffte ich mir schon. Wir schrieben uns trotzdem immer weiter.

Das ging einige Tage lang. In der Schule bekam ich aber weiterhin diesen bösen Blick. Aber auch nur, wenn wir in der Gruppe waren. Waren wir alleine, bekam ich ein warmes Lächeln und ein wenig mehr Gefühl erfüllte das Ganze. Das Ganze zog sich eine Weile hin. Wir telefonierten abends regelmäßig und erfuhren so einiges über den anderen. Aber ein Date wollte Sie trotzdem nie.

Doch irgendwann machte Sie den Vorschlag Kochen zu wollen.

Das Haus meiner Eltern war inzwischen fertig, doch gewohnt haben sie dort nicht. Also hatte ich alles für mich alleine. Denn ich wohnte fast immer dort.

Stella schlug also vor zu kochen. Toll dachte ich mir. Was sie aber erst erzählte, als sie da war, dass ihre Freundin mitkommt. Naja dachte ich mir, wenigstens gleich zwei hubsche Frauen. Wir kochten, besser gesagt, die Mädels kochten und ich ließ mich regelrecht verwöhnen. Da ich nichts machen musste, besser gesagt nichts machen sollte. Da wir nach dem Essen noch was getrunken hatten und es auch schon ziemlich spät war, schliefen die beiden bei mir. Ganz ohne Hintergedanken. Am nächsten Tag verschwanden die beiden noch vor dem Frühstück, da ich meinem Vater helfen musste. Im Laufe des Tages bekam ich aber von Stella eine Nachricht, dass der Abend toll war und ob wir uns an diesem Tag noch mal treffen wollten. Ziemlich erfreut, sagte ich zu und der Tag verlief auch sonst überaus positiv. Am Abend kam Stella dann. Diesmal aber alleine. Ich wusste trotzdem nicht so recht, wohin das ganze führen sollte. Denn sonstige eindeutige Zeichen kamen ja nicht. Außerdem war da ja noch ihr Freund. Daran wollte ich aber erstmal nicht denken. Sie kam also und sah umwerfend aus. Das Kleid sah toll aus und hatte genau die richtige Länge um nichts zu sagen. Sie kochte also was. Es war wieder echt lecker. Danach machten wir eine Flasche Wein auf und setzten uns vor den Fernseher.

Aber nach einer Zeit sagte keiner mehr was. Die Hände suchten einander immer mal wieder, aber sonst passierte nichts. Wir gingen rauchen. Die Nacht war sternenklar und der Mond strahlte so hell, dass es so eine Art anziehenden Schatten auf sie warf, als wir dort draußen standen und rauchten. Doch dann holte sie nach der zweiten Zigarette was anderes aus Ihrer Tasche. Ich begriff erst nicht, was es war, aber als sie es in den Mund nahm, erkannte ich das es ein Joint war. Ich bin ja wirklich kein Freund von Drogen, aber dieser war wirklich klein. Also ließ ich sie ihn rauchen ohne was zu sagen. Als wir wieder rein gingen war sie kaum anders. Wir saßen noch eine Weile und tranken die zweite Flasche Wein. Irgendwann war diese dann aber auch leer und ich bot ihr an bei mir zu schlafen. Wieder ohne weiter darüber nachzudenken oder mit irgendwelchen Absichten. Wie meine Mutter es mir beibrachte bietet man der Frau immer das Bett an und schläft selbst woanders. Wir machten uns also bettfertig.

Sie bekam von mir ein T-Shirt. Sie ging ins Bad und zog sich um und machte sich fertig. Schloss dabei aber nicht die Tür. Als ich also vorbei ging erblickte ich zwangsläufig alles das, was ein jeder Mann gerne sehen möchte. Eine sexy Frau in einem zu großen T-Shirt mit langen Beinen. Ich wusste aber nicht, ob das irgendwas zu bedeuten hatte, dass sie die Tür nicht schloss. Also ging ich, mit dem Bild im Kopf, zu meinem Sofa und legte mich schlafen. Wir wünschten einander noch gute Nacht und löschten das Licht. Doch keine fünf Minuten später, stand sie vor dem Sofa und beugte sich über mich. Es war so dunkel das ich nicht sah, dass, sie mein T-Shirt nicht mehr an hatte. Als sie so über mir war, sagte sie nur „Du begreifst aber auch gar nichts", und eine Sekunde später zog sie mich vom Sofa in das Bett. Am nächsten Morgen schliefen wir lang. Als wir aufwachten, ja sagen wir, hatten wir einen besonderen Morgen. Doch irgendwann musste sie gehen.

Mein Ego war gestärkt und konnte Anna erstmal weiter verdängen. Zu dieser Zeit wusste ich nicht, dass ich mehr als Verdrängen nicht schaffen sollte...

Stella und ich schrieben uns weiter täglich und über den ganzen Tag SMS. Komisch wurde es nur, als mir auf einmal Julia auch schrieb. Die, die mir die ganze Zeit Körbe gegeben hatte. Ich war also mehr als erstaunt und vor allem irritiert, was da nun los ist.

Julia schrieb mir nun immer mehr. Je mehr Blicke ich von Stella bekam, desto mehr hatte ich das Gefühl, suchte Julia den Kontakt. Bis heute weiß ich nicht, was der Grund dafür war.

Irgendwann fragte mich Julia dann, ob ich ihr helfen könnte. Ihr Computer ist defekt und sie brauche ihn aber dringend. „Ehrensache", dachte ich mir.

Wir trafen uns also am Abend bei ihr. Sie zeigte mir das Problem und ich begann damit, den Rechner wieder zum laufen zu bringen. Das klappte auch ziemlich schnell und ich sagte, dass ich fertig war. Julia freute sich und erklärte mir, dass, da ein Vortrag drauf ist, den sie dringend fertig machen müsste. Ich wollte also gehen. An der Haustür verabschiedeten wir uns.

Ich war noch nicht ganz zuhause, da piepte mein Handy. Ich hatte eine SMS. Da das nichts besonderes war, fuhr ich erstmal bis nach Hause ohne nachzusehen, wer mir geschrieben hatte.

Ich war ja inzwischen 18 und einige Tage zuvor hatten meine Eltern und ich festgestellt, dass wir für mich ein Auto kaufen müssten, denn mit Papas Auto konnte ich schlecht umherfahren. Also wurde es ein kleiner City-Flitzer mit ordentlich Power. Man war ich stolz. Nun war ich volljährig und auch noch alleine mobil, brauchte niemanden mehr fragen, ob und wann er mich wohin fahren könnte. Musste nicht mehr im Regen mit dem Fahrrad fahren. Es war einfach ein völlig neues Gefühl von Unabhängigkeit.

Ich parkte also meinen Wagen und noch im Auto sah ich auf mein Handy, von wem die SMS war. Ich staunte nicht schlecht, das die von Julia war. Sie fragte, ob ich nicht wieder zurück kommen könnte, um noch ein wenig zu quatschen. Ich dachte mir eigentlich nichts weiter dabei. Ich fand sie ja nett und vielleicht hatte sie ja Kummer oder einfach nur Langeweile. Ich schrieb ihr also zurück, dass ich zurück kommen würde.

Ein wenig später stand ich also, zum zweiten mal an diesem Tag, vor ihrer Tür. Ihre Mutter öffnete und bat mich hochzugehen. Ihre Zimmertür war geschlossen. Also klopfte ich. Sie öffnete. Irgendwie dachte ich, sie sieht anders aus als vorhin. Ich wusste aber so schnell nicht, was anders war.

Wir setzten uns auf Ihr Sofa und fanden auch recht schnell Themen, über die wir ausgiebig erzählten. Als sie sich dann kurz entschuldigte und aus der Tür verschwand, fiel mir auf, was anders war. Sie hatte sich umgezogen. Sie trug nun keine Jeans mehr, sondern ein Kleid, was kurz vor Ihren Knien endete. Als sie also so dahin ging, konnte man ausgesprochen gut sehen, das sie wirklich eine hübsche Figur hatte. Aber sonstige Absichten hatte ich nicht. Warum auch. Ich habe so oft vorher einen Korb bekommen, dass an mehr, einfach nicht zu denken war.

Sie kam also zurück. Sie brachte mir ein Bier und sich einen Wein. Wir erzählten und erzählten. Es wurde spät. Leider ist mir erst viel zu spät aufgefallen, dass sie mir ja immer wieder nen neues Bier brachte. Meine neue automobile Freiheit war noch nicht in meinem Kopf angekommen und so vergaß ich, dass ich ja noch fahren musste.

Ich sagte ihr also, dass ich jetzt los muss, da ich nach Hause gehen werde, da ich mit so vielen Bieren im Blut nicht mehr fahren werde. Allerdings kam wie aus der Pistole geschossen von ihr „Dann bleib doch einfach hier, Platz ist genug". Es erstaunte mich, weil ich sie nicht einschätze als Jemanden, der leicht zu haben war. Aber natürlich blieb ich trotzdem. Es kam also zu dem obligatorischen: „Du schläfst im Bett und ich auf dem Sofa.". Nachdem diese Frage ein wenig hin und her ging und sie schon ein wenig zickig wirkte, das ich ihr Bett ablehnte, sagte ich also, ich würde dann doch in Ihrem Bett schlafen. Wir gingen zu Bett und wünschten uns eine gute Nacht. Das Licht ging aus. Ich lag noch eine Weile da und starrte die Decke an. Nach einer Weile hörte ich ihren gleichmäßigen Atem und mir wurde klar, dass sie bereits schlief. Irgendwie fand ich die ganze Situation gerade ein wenig komisch und konnte sie auch nicht wirklich deuten. Ich legte mich also auf die Seite und versuchte zu schlafen.

Anna stand fast vor mir. Ich wunderte mich allerdings, warum alles so nebelig war. Sie sprach zu mir, aber ich verstand es nicht. Ich rief ihr zu, sie solle lauter sprechen. Ich rannte auf sie zu, doch so lang ich auch rannte, ich kam nicht näher. Völlig außer Atem stoppte ich. Der Nebel wurde langsam weniger. Nun verstand ich auch langsam, was sie die ganze Zeit sagte. Vorher musste ich aber erstmal noch feststellen, dass sie immer noch so unglaublich schön war und ich mein Herz hörte, wie es immer schneller schlug. Nun hörte ich auch alles, was sie sagte, doch es war nicht das, was ich erhofft habe zu hören. Sie sagte „Find dich damit ab, ich will dich nicht mehr, verschwinde, mehr als Mitleid bekommst du von mir nicht". Auf einmal war der Nebel ganz verschwunden. Meine Wangen wurden ganz heiß. Als ich meine Hand zum Gesicht bewegte, spürte ich, dass mir Tränen über die Wangen rollten und ich nichts dagegen tun konnte. Ich rief nach ihr und sagte, wie sehr sie mir fehlte. Aber sie war einfach verschwunden. Meine Wangen wurden immer heißer. Auf einmal wurde es wieder hell ...ich rannte auf das Licht zu... aber ich bewegte mich scheinbar wieder nur auf der Stelle.

Ich wachte auf, und dachte nur, „was für ein schrecklicher Traum". Es war nun bereits morgens und die Sonne kam durch das Fenster von Julias Zimmer. Ich war völlig verwirrt und musste erstmal überlegen, warum ich hier war. Als es mir einfiel, wollte ich mir die Augen reiben um ein wenig den Traum aus meinem Kopf zu verbannen. Dabei stellte ich fest, dass, ich wohl nicht nur im Traum Tränen vergossen hatte. Es war nun bereits 10 Monate her, dass sich Anna von mir trennte, aber scheinbar wehrte sich mein Körper gegen die Trennung, wollte Anna nicht gehen lassen.

Viel Zeit darüber nachzudenken hatte ich aber nicht, da bereits in diesem Moment die Tür aufging und Julia mit einem Frühstückstablett herein kam. Ich lächelte sie an und sagte ihr, das dies nicht nötig gewesen wäre. Sie meinte aber nur, dass ich ihr Gast wäre und sich das so gehört. Sie stellte also das Tablett mit frischen Brötchen, Kaffee und Orangensaft vor mich hin. Ich trank von allem einen Schluck, und derweil fragte sie mich, wie ich geschlafen hatte. Worauf hin ich nicht recht wusste, was ich sagen sollte, also sagte ich nur : „Ganz gut", schon schoss mir wieder diese schreckliche Traum durch den Kopf. Was mich aber wieder aus dem Traum holte, war die Tatsache, dass, Julia plötzlich unter die Decke schlüpfte und vorher das Tablett zur Seite geräumt hatte. Es war dann also noch ein äußerst gelungener Morgen geworden und ich dachte nun nicht mehr an diesen Traum.

Es war wieder ein gutes Gefühl umworben zu werden. Da es nun plötzlich zwei waren, störte mich nun wirklich nicht.

So ging das eine ganze Zeit. Ich weiß natürlich heute, dass das nicht ok war. Aber damals tat ich alles, um die Gedanken und meine Gefühle für Anna aus meinem Kopf zu bekommen. Man muss natürlich dazu auch sagen, dass ich mit zwei Damen wirklich ausreichend im Kopf hatte, vor allem wie man es immer organisiert das nicht mal beide aufeinander treffen. Aber eine Weile klappte das sehr gut.

Wie das wohl immer so ist, wird man irgendwann zu sicher und macht Fehler. So auch bei mir. Eines Tages war Julia bei mir und Stella klingelte. Anstatt sie wegzuschicken, bat ich sie herein und dachte, sie werden wohl kaum über mich sprechen. Als ich dann kurz ins Bad ging und wiederkam, war irgendwas nicht ok. Stella sprang auf und ich fing mir eine gewaltige Ohrfeige. Julia verließ kurz darauf ohne ein weiteres Wort die Wohnung. Da hatte ich es wohl zu weit getrieben. Trotzdem und vielleicht auch leider musste ich aber feststellen, das mich das Ganze recht wenig störte. Ich ließ sie einfach ziehen. Allerdings redete keiner mehr ein Wort mit dem anderen. Das war es dann doch nicht wert.

Nur die fehlende Hoffnung auf ein Wiedersehen, macht einen leidvollen Abschied. *

Bild:ArgonR

Kapitel 7

Wut und wie man sie nicht bekämpfen sollte

Ich stand nun also wieder allein da. Na, das hatte ich mir aber auch irgendwie selbst zuzuschreiben. Ich brauchte also was Neues. Eine Art Beschäftigung. Ich wollte mein Ego wieder aufbauen. Was äußerlich eingebildet wirkte, war innerlich eigentlich ziemlich zerbrechlich. Ich wollte aber noch einen größeren Schutzschild. Heute denk ich wohl, ich habe alles nur aus purer Verzweiflung getan. Anna war einfach immer noch die, der mein Herz gehörte, der es wohl immer gehören wird.

Also dachte ich, weil ich ja nun 18 Jahre war und machen konnte, was ich wollte, lass ich mir ein Tattoo stechen. Gesagt getan und schon stand ich beim Tätowierer. Ich erklärte diesem, was ich mir vorstellte und er entwarf etwas. Ich sollte 3 Tage später wieder kommen und es mir ansehen und bei Gefallen einen Termin ausmachen. Ich ging also nach 3 Tagen wieder hin und sah mir seinen Entwurf an. Ich muss sagen, er hatte voll meinen Geschmack getroffen. Somit stand dem auf die Haut bringen, nichts mehr im Weg. Wir machten ein Termin, allerdings sagte der Tätowierer mir, dass er mich nur stechen würde, wenn ich mir alles zur Nachsorge besorgen würde. Das machte Ihn gleich noch ein wenig seriös. Er gab mir also eine Karte, auf der alles stand, und ich ging in die Apotheke. Am Tag des Termins brachte ich alles mit und es ging los. Nach ungefähr 3 Stunden war das Tattoo fertig. Ich sah es mir eine Weile im Spiegel an und war begeistert.

Mit meinem neuen Tattoo auf dem Arm machte ich mich also auf den Heimweg. Ich war immer noch unheimlich begeistert, was man von meinem Vater allerdings nicht sagen konnte. Es gab einen riesen Streit. Aber irgendwie war es aber auch nicht mehr zu ändern, was meine Position im Streit verbesserte.

Trotzdem hatte ich nach einiger Zeit immer noch das Gefühl, ich müsste noch etwas mehr machen. Etwas was nachhaltig ist.

In der Schule, nebenbei gesagt, lief es Zensuren-technisch ziemlich schlimm.

Ich hatte nun viel mit Chris zu tun. Der sah inzwischen aus wie der Bruder von Meister Propper. Irgendwann beschloss ich also, dass ich das so auch mal versuchen wollte. Ich suchte mir also ein Fitnessstudio. Natürlich musste es eines sein, indem nicht nur die waren, wo schon alles so ist, wie sie es wollten und mich vielleicht noch auslachten. Genau vor solchen Situationen hatte ich Angst. Diese Angst existiert bis heute.

Nach einer Weile hatte ich ein Studio gefunden und begann.

Der Anfang war ziemlich schwierig. Doch nach ein paar Tagen und ein wenig suchen im Internet nach dem richtigen Fitnessplan, kam ich langsam rein. Doch nach einer Zeit musste ich feststellen, dass man nicht viel sah. Ich war sowieso zu dünn um etwas aufzubauen. Also begann ich Zusatzpräparate zu schlucken. Am Anfang nur Eiweiß und irgendwelche Shakes. Dann kam Creatin und L-Carnetin dazu. Man sah dadurch schon ein wenig mehr. Das reichte mir aber dann schon bald nicht mehr. Also begann ich nach weiteren legalen Wundermitteln zu suchen. Nahm Shakes und Tabletten mit dieser und jener Versprechung auf der Packung. Aber so richtig mehr wurde es nicht. Irgendwann unterhielt ich mich darüber in der Schule mit dem Chris. Er sagte, dass er das kenne und er würde mir was besorgen, was hilft. Gesagt getan und ein paar Tage später hatte ich das erste Präparat mit anaboler Wirkung. Ich war begeistert und trainierte noch öfter, noch härter.

Zu der Zeit begann dann aber auch der Abschnitt, wo ich es nicht mehr für nötig hielt, regelmäßig zur Schule zu gehen. Der Druck wurde zu groß und ich konnte durch meine schulische Faulheit nicht mehr mithalten. Also ging ich lieber ins Fitnessstudio und tat was für meine neuen Muskeln. Natürlich reichte mir die Wirkung bald nicht mehr. Ich wollte noch mehr. Bereits jetzt hatte ich aber auch schon einige Nebenwirkungen an mir festgestellt. Ich wurde grundlos aggressiv und mein Ego dachte, es könnte Berge versetzen.

Ich suchte also in einschlägigen Foren im Internet, was die nächste Stufe sein könnte. Die nächste Stufe des Anabolika-Konsums. Ich wurde auch recht schnell fündig. Ich bestellte es mir über tausend Umwege. Aber bereits kurze Zeit später hatte ich die Ampullen bei mir zuhause. Ich begann, mir nun also das Zeug direkt zu spritzen. Die Wirkung war enorm und ich begeistert davon. Ich sah in kürzester Zeit wesentlich definierter aus und bekam wesentlich mehr fettfreie Muskelmasse. Bei meiner Größe sonst auf normalen Weg eine langwierige Angelegenheit.

Wenn ich gerade nicht im Fitnessstudio rumhing, war ich fast immer allein. Doch durch Zufall traf ich an einem Tag nach dem Fitnessstudio jemanden, den ich noch von früher kannte. Er hieß Teddy. Wir kamen schnell ins Gespräch und wollten am Abend was zusammen machen. Teddy war schon immer ein Paradiesvogel, zu seiner homosexuellen Neigung bekannte er sich noch nicht, aber jeder wusste es. War mir aber sowieso egal. Hauptsache wir kamen klar.

Wir trafen uns also am Abend. Zu meinem Erstaunen kam er mit einer jungen Frau. Ich kannte sie auch, sie hatte mal mit jemandem eine Beziehung, der in meine Klasse ging. Sie war blond und groß, mir aber viel zu dünn. Was sie aber selbst wissen musste. Sie hieß Susa. Wir tranken zuerst alle einen Kaffee zusammen und erzählten, lachten und tranken auch den einen oder anderen Drink. So machten wir das die nächsten Tage immer. Eines Abends wollten wir dann in die Disco, was meine Eltern aber nicht so gut fanden, mitten in der Woche. Sie versagten mir also das Weggehen in die Disco. Aber in die Stadt durfte ich gehen. Da ich ja das eine Haus für mich allein hatte, dachte ich mir, dass sie es nie merken, wenn ich trotzdem zur Disco gehe. Gesagt getan. Wir waren also in der Disco, allerdings sind wir auch viel zu spät zurück.

Als ich zuhause ankam, warteten meine Eltern schon. Sie hatten sich wahrscheinlich denken können, dass ich so handeln würde. Zumal die Nebenwirkungen der Anabolika schon langsam derbe Züge der Aggressivität annahmen. So legte ich mich dann auch mit meinen Eltern an, vor allem mit meinem Vater. Wut entbrannt sagte ich, das die anderen das auch dürften und ich 18 Jahre bin und selbst entscheide was ich tue. Ein Wort ergab das andere, bis dahin, dass mein Vater also sagte, solange ich zuhause wohne, habe ich doch zu machen, wie sie es wollen. Also sagte ich, dass ich gehe.

Im nachhinein ist mir natürlich klar, dass meine Eltern immer nur das Beste wollten und mir schon wesentlich mehr Freiheiten ließen als bei anderen

Jugendlichen es üblich war. Aber das war bis vor kurzem das Grundproblem bei mir, ich wollte immer noch mehr, obwohl ich mit dem zufrieden hätte sein können, was ich bereits hatte.

Kurze Zeit zuvor, war im gegenüberliegenden Haus ein junger Mann eingezogen. Lars hieß er. Er war vier Jahre älter als ich. Irgendwie mochte ich Ihn nicht. Er war schwul, was mich nicht störte, aber er benahm sich halt auch teilweise extrem so danach. Das passte mir wiederum gar nicht. Wir sagten uns lange nicht mal Guten Tag. Eines Tages aber, ich kam gerade aus dem Fitnessstudio, rief er nach mir, er rief "Hey Du, Du siehst aus als ob Du Kraft hast, kannst Du mir mal was helfen". Weil in diesem Satz scheinbar die richtigen Schmeicheleien enthalten waren, sagte ich ihm zu. Er wollte seine neue Waschmaschine in den zweiten Stock tragen und brauchte dabei Hilfe. Zu dieser Zeit, war das auch wirklich kein Problem für mich. Als wir die Waschmaschine angeschlossen hatten, rauchten wir zusammen eine Zigarette und kamen ein wenig ins Gespräch. Er war wirklich sehr nett und ich hatte mich wohl getäuscht. Wir tranken ein paar Bier und rauchten noch einige Zigaretten, bis ich wieder ging.

Ich hatte nun also zu meinen Eltern gesagt, dass ich gehen würde. Was sie mir natürlich nicht zutrauten. Sie hatten ja auch eigentlich recht. Wovon sollte ich gehen. Ich hatte zwar ein ausgiebiges Taschengeld, was aber zum Alleinleben auch nicht reichte. Gespart hatte ich zu der Zeit nichts mehr. Vieles ging für Auto und „Kraftfutter" drauf. Aber ich war trotzdem fest entschlossen zu gehen. Ich setzte mich also in mein

Auto und fuhr erst mal los. Ich dachte über vieles nach. Ob das alles so richtig war, was ich tat. Aber, zu einem klaren Ergebnis kam ich nicht. Irgendwann musste ich dann darüber nachdenken wo ich nun schlafen sollte. Nach einigem hin und her überlegen, fiel mir nur noch Lars ein. Ich rief ihn an. Er war gerade unterwegs bei der Arbeit. Er war Vertreter und daher immer auf Achse. Viel Geld kam dabei aber auch nicht rum. Ich erzählte ihm kurz, was passiert war und fragte, ob ich bei ihm nächtigen konnte. Worin er ohne zu zögern einwilligte. Er sagte mir, wann er zuhause war und ich fuhr nach Hause, während meine Eltern noch arbeiteten und packte ein paar Sachen zusammen. Stellte mein Auto auf den Hof und ging los. Da er noch nicht da war, ging ich noch in die Stadt und traf mich mit Teddy. Als die Zeit soweit vorangeschritten war, das Lars zuhause sein sollte, ging ich zu ihm.

Er war schon früher zuhause und hatte bereits was gekocht. Das gefiel mir schon mal ziemlich gut. Außerdem schmeckte das Essen auch noch, denn er war gelernter Koch. Natürlich musste ich ihm das ganze jetzt in aller Ausführlichkeit erzählen. Ich sagte Ihm auch, das ich schon eine Weile nicht mehr in der Schule war. Er fand das zwar nicht so gut, man merkte aber, das er sich verkniffen hat was zu sagen. Er meinte nur, was ich dann so den ganzen Tag machte. Ich erzählte ihm vom Fitnessstudio und auch von allem anderen. Lars hörte zu, sagte mir aber, das ich nicht rumlungern kann. Da soll ich doch lieber bei ihm mitkommen und was tun. Ich fand die Idee gar nicht schlecht und so willigte ich ein. So ging das ein paar Tage. Mein Handy hatte ich aus, damit meine Eltern auch wirklich merkten, dass ich ohne sie klar kam. Eigentlich stimmte das nicht und mir tut es heute sehr weh, was ich mit meinen Eltern veranstaltet habe. Nun ja, irgendwann hatte mich der Lars auch dazu gebracht, mich endlich wieder mit meinen Eltern zu vertragen. Meine Eltern waren natürlich froh, dass es mir gut ging und es gab auch keinen Streit. Ich war auch glücklich, denn vermisst habe ich sie ja auch.

Trotzdem bestand noch immer das Problem, dass ich keine Lust mehr auf Schule hatte. Also fuhr ich weiter mit Lars mit und sagte natürlich meinen Eltern, ich würde brav zur Schule gehen. Ins Fitnessstudio ging ich immer noch regelmäßig, aber nicht mehr so ausgiebig wie vorher, was vor allem dazu beigetragen hat, das ich aufhörte Anabolika zu konsumieren.

Von Anna hörte ich nichts mehr.

Alles, was ich aber tat, war aus dem Grund, den Schmerz und die Liebe zu Anna vergessen zu wollen. Sie hatte nur Mitleid für mich über, andere Gefühle wie Liebe waren da nicht mehr.

Was mich so sehr schmerzte, weil Sie doch die Frau war, mit der ich den Rest meines Lebens verbringen wollte. Die ich so aufrichtig liebte.

Ich wollte nur noch weg. Vor allem weg aus dieser Stadt. Ich dachte, das ein anderer Ort was ändern könnte. Doch auch in einem Ort bleiben die Probleme und Gefühle, die gleichen. Das sollte ich auch noch merken.

Entdornte Rosen werden heute längst gezüchtet.
Sie sind nicht natürlich, aber bequem: Sie stechen nicht.
Du hast mir meine Fehler und Schwächen -aus deiner Sicht-
aufgezält und gewünscht dass ich sie ändere.
So kam unser Abschied -zwangsläufig-
denn deine Rose ohne Dornen wollte ich nicht sein.*

Kapitel 8

Von Leuten, denen man besser nie begegnet wäre

Ich fuhr also weiter bei Lars mit. Er kannte mich nun, durch die langen Fahrten im Auto, schon recht gut. Er kannte vor allem jetzt Anna. Er verstand es aber, immer wieder, bevor das Thema aufkam, auf was anderes zu schwenken, weil er merkte, wie tief der Schmerz saß. Also gingen wir des Öfteren am Wochenende weg, damit ich nicht ständig wieder daran denke. Weggehen hieß aber in dem Fall, dass die Discos für Homosexuelle waren. Am Anfang war ich natürlich von der Vorstellung zwischen lauter

Schwulen zu feiern, wenig begeistert. Als mir dann in der ersten Disco, der erste Typ auf den Hintern fasste, war eigentlich für mich klar, das ich da ganz schnell weg wollte. Ich stellte jedoch schnell fest, dass es sehr entspannt zuging. Man nicht aufpassen musste, welche Frau man ansah und zu wem sie vielleicht gehörte. Man konnte einfach richtig ausgelassen feiern. Auf einer Nachhausefahrt von einer Disco erzählte mir Lars dann von einer Freundin, die er schon lange kannte, aber schon eine Weile nichts mehr von ihr gehört hatte. Er meinte, die müsste ich unbedingt kennenlernen, die würde mir gefallen. Dass wir das besser hätten lassen sollen, wussten wir zu dem Zeitpunkt leider nicht.

Einige Tage später rief mich dann Lars an und sagte mir ,er hätte mit dieser Freundin telefoniert und sie würde heute zu ihm kommen. Ich sollte um 20Uhr bei ihm sein, da sie halb neun da sein wollte.

Sie kam auch, allerdings erst eine Stunde später. Da stand sie nun. Claudine. Sie war 1,64m groß hatte lange Haare die dunkelbraun waren. Sie hatte zu der Zeit einen leichten Touch einer Südländerin, zudem war sie zu der Zeit ziemlich nett anzuschauen. Lars schien recht zu haben. Sie gefiel mir. Sie redete allerdings die ganze Zeit. Ein Versuch, mit ihr ins Gespräch zu kommen, schlug also fehl. Allerdings fand sie, wie sie mehrfach sagte, gut, wie ich aussah, allerdings meinte sie es seien fast schon zuviel Muskeln. Was mir gerade recht kam, da ich nur noch selten ins Fitnessstudio ging. Als Claudine nichts mehr zu erzählen wusste, verabschiedete sie sich auch ziemlich schnell.

Am nächsten Tag, bekam ich dann eine SMS. Lars musste ihr wohl meine Nummer gegeben haben, denn mich hat sie danach nicht gefragt. Sie schrieb nicht viel, nur wo sie wohnt und wann ich da sein sollte. Ich sagte Lars Bescheid und fuhr los. Ich dachte da eher daran, dass wir uns allein treffen wollten. Als ich bei Ihr ankam, waren aber noch zehn ihrer Freunde da, die alle irgendwie komisch waren. Ich habe keinen von Ihnen gemocht, das war auch später noch so.

Ich fragte sie also, warum sie mich hergebeten hat und sie antwortete nur, dass sie mich ihren Freunden zeigen wollte. Ich wusste erst nicht ob ich das falsch verstanden hatte. Also fragte ich nach. Aber sie hatte wirklich „zeigen" gesagt. Ich war also bereits jetzt ziemlich mies drauf. Kurz darauf gingen aber alle auf einmal. Claudine fing wieder an zu erzählen. Bereits jetzt nervte mich dieses ständige Gequatschte. Irgendwann hörte sie dann aber auf und fragte nach mir. Ich erzählte. Und alles, was ich sagte, jetzt und auch in den nächsten Tagen, fand sie entweder wie ich, toll, oder wie ich, nicht toll. Sie redete mir nach dem Mund. Der Lahme führte also den Blinden. Da fand ich auf einmal, dass sie eigentlich doch nicht nur ganz gut aussah. Wir trafen uns noch einige Male, bis sie mir nach einer Feier anbot, bei ihr zu schlafen. Am nächsten Morgen, waren wir dann, irgendwie, zusammen.

Die erste Zeit fand ich auch alles super. Claudine machte, wie ich wollte, sagte, wie ich es wollte, wusste immer genau, was ich hören wollte. Wenn ich morgens bei ihr war und nicht zur Schule wollte, meinte sie immer, dass ich das auch später nachholen könnte. Nebenbei gesagt, Claudine hatte ihre Ausbildung nicht beendet, weil Sie den Prüfer bei den Abschlussprüfungen nicht mochte.

So verbrachte ich also nur noch Zeit mit ihr und festigte meinen Wunsch endgültig, die Schule abzubrechen und erst mal zu arbeiten.

Claudine fand das auch toll und wir fuhren zu meinen Eltern um ihnen zu sagen, dass ich die Schule abbreche und ausziehe. Die Reaktion meiner Eltern brauch ich wohl kaum näher beschreiben. Sie waren mehr als fassungslos. Zumal ich nun in der 13. Klasse war und nur noch ein halbes Jahr vor mir hatte. Aber sie konnten nichts mehr dagegen tun. Auf einmal ging alles ganz schnell und ich hatte scheinbar mein Ziel erreicht, von diesem Ort zu verschwinden. Noch eine Zeitlang lief es scheinbar ganz gut. Eines Tages, als ich an der Tankstelle war, fiel mir aber auf, dass ich nicht mehr bezahlen konnte. Das war wohlgemerkt ein äußerst unangenehmes Gefühl. Ich konnte mir das auch gar nicht erklären, denn eigentlich hätte ich schon Tage vorher mein Taschengeld bekommen müssen. Mir schwante allerdings bereits beim Ausfüllen des Bogens der Tankstelle für Leute, die nicht zahlen konnten, Böses. Aber ich dachte mir, dass meine Eltern das nie tun würden.

Meine Mutter war inzwischen nicht mehr wie früher. Sie hatte ständig Schmerzen und Anzeichen als bekäme sie einen Schlaganfall. Das alles bekam ich immer nur beiläufig mit. Irgendwann bekam sie dann aber die Diagnose, dass sie Parkinson hat. Man kann daran zwar nicht sterben, aber der Leidensweg kann unter Umständen so sein, dass man wünschte, man würde daran sterben. Als sie die Diagnose bekam, war ich gerade mit Claudine unterwegs und zeigte wohl wenig Anteilnahme. Insgesamt verhielt ich mich wohl eher auf einem Niveau, was sonst nur Tieren zugesprochen wird. Die Einnahme dieser Präparate hatte mich und mein Hirn völlig vernebelt. Mich total verändert.

Als ich wieder aus der Tankstelle kam, musste ich Claudine fragen ob sie Geld dabei hatte. Was auch so war und es reichte gerade so um das Tanken zu bezahlen. Leider war es auch das letzte Geld das sie für diesen Monat hatte. Wir fuhren also zur Bank und ich zog mir ein paar Auszüge. Ich hatte noch 17cent auf meinem Konto. Meine Eltern hatten also aufgehört mir Taschengeld zu zahlen. Bereits einen Moment später wurde mir klar, dass ich schnell was tun musste, um nicht in den sozialen Abgrund zu fallen, wovor mich meine Eltern gewarnt hatten, wenn ich die Schule abbrechen würde. Ich brauchte also Arbeit. Erst da fiel mir das erste mal auf, dass es ohne Abschluss wirklich schwer werden könnte. Ich mich total verändert hatte und es mir eigentlich leid tat. Aber zurück wollte ich auf keinen Fall. Mein Ego war zu groß, um mir diesen Fehler einzugestehen. Ich stolperte also mal wieder über mich selbst, das Ego war eigentlich die Angst in mir.

Also guckten wir die Zeitungen nach Arbeit durch. Wir fanden auch bald was. Ein neues Call-Center suchte noch Mitarbeiter. Einen Abschluss brauchte man da nicht. Also rief Claudine da an und machte für mich alles klar. Das erste Vorstellen war bereits einen Tag später.

Claudine fuhr mich also dorthin. Vor dem Call-Center warteten bereits 30 andere darauf, zu diesem Vorstellungstermin hereingebeten zu werden. Es war aber gar nicht so ein Vorstellungstermin, wie man das sonst kennt. Es wurden alle auf einmal hereingeholt. Jeder musste sich vorstellen und sagen, was er sich unter diesem Job vorstellte. Danach konnten wir alle wieder gehen und sollten wieder am nächsten Tag um 7Uhr morgens da sein. Ich dachte mir, dass es aber sehr komisch ist, dass alle wiederkommen sollen. Es stellte sich aber heraus, dass da bereits das erste Aussieben stattfand. Denn am nächsten Tag, um 7Uhr früh, standen nur noch 11 der Leute vor dieser Tür. Es wurde also geschult und getestet und am Ende wurden 5 genommen. Ich war auch dabei und mein neuer und erster echter Job sollte in zwei Tagen beginnen.

Es war nun der Tag da, an dem ich anfangen sollte zu arbeiten. Morgens machte mich Claudine wach und meinte, ich soll die Sachen anziehen die sie mir hingelegt hatte. Ich dachte, ich sollte für meinen ersten Arbeitstag, der um 14Uhr beginnen sollte und 8 Stunden dauerte, eben ordentlich aussehen. Warum weckte sie mich dann aber bereits um 8 Uhr morgens. Ich fragte sie und sie sagte, es sei eine Überraschung und ich solle mich jetzt fertig machen. Frühstück war auch schon fertig. Ein wenig verwirrt stand ich auf und machte das, was sie mir sagte, ohne zu wissen was eigentlich passieren würde. Eine Stunde später saßen wir dann im Auto und sie fuhr los. Auf Fragen, wohin es gehen sollte und warum auch sie sich so fein gemacht hatte, sagte sie nur immer wieder, dass es eine Überraschung sei. Langsam wurde mir das ganze ein wenig zu blöd. Aber bereits da stoppte der Wagen. Wir waren nur einen Ort weiter gefahren und standen vor dem Rathaus. Wieder fragte ich, was jetzt passieren sollte. Da sprang sie schon aus dem Wagen, denn vor dem Rathaus standen bereits ihre Cousinen und 2 Freundinnen. Ich folgte ihnen also. Als ich in einen Raum kam, wo zwei Stühle vor einem Tisch standen, der mit Blumen geschmückt war, ahnte ich langsam, was los ist. Keine 10 Minuten später war ich auch schon verheiratet. Es ist wirklich brillant von ihr bis dahin gewesen. Sie hatte scheinbar alles genau geplant, denn ab diesem Datum wurde es ganz anders.

Ich war nun verheiratet. Habe, ohne meine Eltern oder Freunde dabei gehabt zu haben, geheiratet. Ich frage mich bis heute, wie sie das so schaffen konnte.

Mir schossen tausend Sachen durch den Kopf. Vor allem aber, dass ich doch eigentlich gar nicht heiraten wollte. Bisher nur einmal das Gefühl hatte, jemanden wirklich so tief zu lieben, das ich nie mehr ohne diese Person sein wollte. Für Claudine allerdings, hatte ich wenn überhaupt, nur wenig mehr als freundschaftliche Gefühle übrig.

Mein Herz scheint bis heute nur Platz für Anna zu haben. Aber ich hatte nicht Anna geheiratet. Nein Claudine war nun offiziell meine Frau.

Irgendwann fuhr sie mich dann zur Arbeit, denn richtig, ich sollte an diesem Tag das erste mal richtig arbeiten. Auf dem Weg dorthin platzte bereits die erste Bombe. Claudine erzählte mir, dass sie ja noch Schulden habe. Aber das war ja nicht mehr so schlimm, immerhin würde ich sie ja nun sicher dabei unterstützen. Ich fühlte mich wie in einem schlechten Traum. Doch ich sollte aus ihm für sehr lange nicht mehr erwachen. Als ich also nach der Höhe der Schulden fragte, nannte sie mir einen Betrag von 20.000 Euro, was, wie sich rausstellte, aber nicht stimmte, es waren eigentlich 35.000 Euro. Ich fühlte mich so langsam ziemlich allein, und sollte jetzt auch noch arbeiten. Aber mir fiel nun auch auf, dass ich die Arbeit noch mehr brauchte um keine Probleme zu bekommen. Gott, was hatte ich nur getan?!

Ich ging also die Treppen des Call-Centers hoch und war ziemlich deprimiert. Ich sagte natürlich niemanden was, ich kannte ja auch noch niemanden. Wir bekamen zuerst unsere Arbeitsverträge, die 30 Seiten stark waren. Es gab kein Fixum und alles war auf Provision. Was mich erst sehr ängstigte, später dann aber nicht mehr. Denn es sollte sich herausstellen, dass mir der Job mehr als lag. Wir waren keine dieser Leute, die alte Damen anriefen und Lotteriescheine verkauften. Wir haben nur Bestandskunden eines Fernsehunternehmens angerufen, um sie weitere zwei Jahre an die Firma zu binden. Das gelang mir so gut, dass ich bereits im ersten Monat so viel verdient habe, wie mancher ausgelernter nie. Allerdings war das Geld auch immer schnell wieder weg. Denn Claudine telefonierte meist allein für 300-400 Euro im Monat und arbeiten hielt sie für nicht wichtig, daher hatte sie Geld ausgeben zu ihrer Aufgabe gemacht.

Trotzdem ich gut verdienen sollte, war immer noch der erste Monat zu überbrücken, bis das erste Geld auf meinem Konto war. Wir lebten also bei Ihren Eltern mit, die im selben Haus wohnten. Na gut, der Mann war nicht Ihr Vater, behandelte aber auch sie wie seine eigene Tochter. Er wurde von allen nur mit seinem Spitznamen, „Ropper" angeredet. Auch mir hat er das recht schnell angeboten. Ich kam super mit Ihm klar. Eigentlich war er Handwerker. Hatte aber ständig neue, mehr oder weniger erfolgreiche Geschäftsideen. Aber es machte Spaß, mit ihm zusammen zu sein. Er hatte auch ein riesen Hobby. Das Schatzsuchen. Das war nicht so, wie man sich das wohl gerade vorstellt. Er hatte zwar auch diese Metalldetektoren, mit denen man manch Sonderling im Wald sieht. Ropper hingegen wusste genau, wo er suchen musste und wonach er suchte. So fanden wir Degen und Feilspitzen an Stellen, wo sie niemand vermutet hätte. Aber plante auch immer größere Sachen, wie die Suche nach einem Schatz auf verschiedenen Inseln der Weltmeere. Das hört sich albern an, aber er konnte einen davon begeistern und in den Bann ziehen.

Ihre Mutter hingegen war ähnlich wie Claudine. Eher träge, was Arbeiten anging, und erzählte den ganzen Tag. Was mich und Ropper regelmäßig dazu brachte, zusammen fluchtartig das Haus zu verlassen.

In der Arbeit lief es gut. Auch hier gab es Listen, wo jeder drauf gucken konnte. Ich stand fast täglich ganz oben. Das war nach der langen Erfolglosigkeit ein super Gefühl. Eines Tages kamen die Herren von diesem besagten Fernsehsender und wollten die Besten haben, um ihnen einen anderen Job anzubieten. Ich war dabei.

Nach der Heirat brauchte ich genau einen Tag, um wieder klar denken zu können und meinen Eltern alles zu beichten. Aber anders als vermutet, waren sie nicht sauer, sondern boten mir Hilfe an. Was mir, so wie ich mich benahm, nicht zustand, ich aber dann umso mehr zu schätzen wusste.

Mein Vater kam bereits am nächsten Tag und fuhr mit mir zu einer spitzen Anwältin. Leider musste die uns mitteilen, dass eine Annullierung der Heirat nach dem Gesetz nicht mehr möglich sei. Ich müsse ein Jahr in Trennung leben. Ich wusste nicht, was ich tun sollte und fügte mich wieder in mein scheinbares Schicksal. Ich wollte bei ihr bleiben und das „durchziehen". Denn was sollte ich tun?!

Wie dumm das doch im nachhinein klingt. Aber diese Frau sollte mich so prägen, dass ich seither vor Dingen innerliche Angst bekomme, sobald sie etwas mit Gefühlen zu tun haben. Leider aber auch bei Personen, die es eigentlich gut mir meinten.

Eines Tages kam ich nach Haus und Claudine wartete bereits mit Essen auf mich. Irgendwas stimmte nicht, sie war so nett. Mir schoss ein Gedanke in den Kopf, den ich aber schnell wieder verdrängte. Kurze Zeit später konnte ich es aber nicht mehr verdrängen, da es Realität sein sollte. Sie sagte mir, sie sei schwanger. Im gleichen Atemzug sagte sie auch, dass sie es behalten will. Ich rührte den ganzen Abend nichts von dem Essen an. Sie hatte mich schon wieder reingelegt. Sie hatte immer die Pille auf dem Nachttisch. Wenn ich nachgesehen habe, haben immer die richtigen gefehlt. Sie hatte sie scheinbar aber nicht genommen, sondern entsorgt. Was meine heutige Panik erklärt, wenn ich jemandem vertrauen soll und dies vielleicht auch könnte.

Mein neues Leben entwickelte sich zu einem Film, der scheinbar nicht enden wollte, zu einem sehr schlechten noch dazu.

Wer einen anderen Menschen kennenlernt, lernt zugleich sich selber kennen.

Bild: Knipsermann

Kapitel 9

Neuer Job, tolles Leben, gleiche Situation

Die Herren von der Fernsehfirma baten mich als ersten zu sich. Sie erklärten mir, dass ich wohl gut mit ihrem Produkt könnte und es gut vermarkten würde. Sie boten mir zwei Sätze später also einen Job als Vertreter an. Irgendwie fand ich das toll, zumal sie mir viele Dinge und Aufstiegsmöglichkeiten versprachen. Ein Fixum gab es auch und es wäre in derselben Stadt, wie jetzt auch. Also willigte ich ohne zu zögern ein. Ich sollte gleich in der nächsten Woche dort anfangen, vorher sollte ich aber erstmal einen Tag hineinschnuppern, ob es wirklich das Richtige ist. Zwei Tage später meldete ich mich also in einem unscheinbaren Büro, was zwar viele Räume hatte, aber grau in grau angestrichen war. Zuerst begrüßte mich der Chef dieses Gebietes persönlich. Er war Mitte dreißig, Solarium gebräunt und trug offensichtlich einen Maßanzug. Er stellte sich vor und sagte „Da wir ein amerikanisches Unternehmen sind, reden wir uns nur mit dem Vornamen an. Ich bin Kai". Ich fand das ein wenig ungewohnt, aber wenn es sein Wunsch war, sollte es so sein. Er bat mich in sein Büro, was völlig anders eingerichtet war, als ich das vermutet hatte. Es war nur ein kleiner Schreibtisch und ein PC aufgebaut und scheinbar interessierte er sich für Motorräder. Denn überall standen Modelle oder hingen Bilder.

Wir führten also ein recht lockeres Gespräch und er fragte „Hast Du Bock auf den Job?", ich sagte erstmal ja, wusste aber nicht so recht, was mich erwartete. Er erklärte mir kurz, was die Aufgaben sind, und ich bekam ein wenig Bedenken. Man sollte quasi von Tür zu Tür und Verträge für das Fernsehunternehmen verkaufen. Das hörte sich alles ziemlich nach „Drückerkolonne" an, aber immerhin hatten mich ja Herren aus der Zentrale angeworben, also konnte es ganz so schlimm nicht sein. Er teilte mir noch mit, das ich am nächsten Tag um acht da sein sollte und einen Anzug und Krawatte tragen solle und ich dann erstmal beim Second-Assistant Manager mitgehe und sehen kann, wie ich es finde.

Am nächsten Tag erschien ich sehr pünktlich. Ich sah lauter Männer und Frauen die in ihren Maßanzügen herumwuselten. Scheinbar war der Job sehr lukrativ, da keiner von der Stange trug. Das spornte mich schon an. Ich hatte mir extra einen neuen schwarzen Anzug gekauft, fühlte mich darin aber ein wenig wie in Lumpen. Als mich dann alle begrüßt hatten, sagte man mir, dass es jetzt erstmal zum Meeting geht. Ich stellte mir einen großen Tisch vor, an dem alle sitzen und der Chef ne Ansprache hielt. Es war aber was völlig anderes. Alle standen in einem Kreis und einer, einer der Trainer, stand in diesem Kreis und warf jedem mal einen Ball zu. Man musste die zehn Regeln des Unternehmens wie aus der Pistole können, da man ansonsten jedes Mal 1 Euro zahlen musste. Danach wurde sich noch ordentlich gepusht und noch mal gesagt, wie gut alle sind und das dass ein toller Tag werden würde. Danach löste sich der Kreis und alle stürmten raus. An diesem Tag sah ich nicht viel von einem erfolgreiche Tag. Es wurde kein Auftrag geschrieben und auch sonst fühlte ich nicht wirklich, dass diese Arbeit richtig für mich war.

Wir wurden immer in Zweierteams losgeschickt, da die neuen sich gegenseitig pushen sollten. Die ersten Tage lief bei mir gar nichts und das hieß, auch kein weiteres Geld. Ich wollte die Sache schon hinwerfen, da es recht ungewohnt war, Leuten Auge in Auge von Dingen zu überzeugen. Doch dann platzte bei mir der Knoten und es lief. Ich konnte am Tag teilweise 4 Aufträge machen, an meinem besten Tag machte ich 8 Aufträge. Was bedeutete ich bekam jedes Mal 200 Euro. Ich bekam die PRO AUFTRAG. Die Gier hatte mich also gepackt. So viel Geld. Sicher, der Job war teilweise hart. Aber man konnte so oft Pause machen, wie man wollte, und auch sonst, wie und wann man es wollte. Mein Ego wurde immer größer. Nach zwei Wochen sollten wir zum Deutschland Chef fahren. Dort angekommen, bat er mich und meinen Chef Kai in sein Büro. Er meinte, dass er gehört habe, dass ein 19 Jähriger das Gebiet aufmischte und ob ich das war. Ich war ein wenig eingeschüchtert. Der Chef saß in einem Leder Sessel hinter einem schweren alten Tisch. Der Balkon mit Aussicht über die Stadt stand offen und ich war einfach ein wenig fassungslos, dass ich gerade hier stand. Also blieb mir nichts anderes übrig als ihm zuzustimmen. Er beglückwünschte mich. Danach schickte er mich hinaus und behielt nur Kai bei sich.

Hier gab es genauso ein Kreis von Menschen die sich pushten, nur das es hier wohl 100 Menschen, statt wie bei uns nur 30 waren. Am Ende kam der Chef und hielt eine Ansprache. Es waren ja noch andere hier, die aus anderen Städten da waren und aus anderen Teams. Bald darauf rief er meinen Namen. Er sagte, dass ich erst 19 bin und innerhalb von 2 Wochen geschafft hätte zum Trainer aufzusteigen. Ich dachte, ich hätte mich verhört. Scheinbar merkten auch alle anderen, dass ich noch nichts davon wusste. Er sagte, ich wäre in der Firmengeschichte der jüngste Trainer und stachelte damit die anderen an, noch mehr Leistung zu bringen. Zu erwähnen sei noch, das vor dem Haus nur Nobelkarossen standen und wohl keiner hier am Hungertuch nagte.

Er überreichte mir einen Umschlag. Dort enthalten war ein Bonus über 5000 Euro. Ich war fassungslos. Noch mal soviel Geld. Ich bekam ein Firmenhandy und vor allem bekam ich ein eigenes Team. Es war wie in einem Schneeballprinzip, nein anders, es war eines. Ich durfte mir, als wir zurück in unserem Ort waren, aus den Bewerbern Leute aussuchen, die ich in meinem Team wollte. Ich durfte 5 haben. Denn von jedem Auftrag, den dieser aus dem Team machte, bekam ich wieder zusätzlich 100 Euro, und so weiter. Ich ließ mir mal erklären, dass dies in den USA so üblich ist, und war mit dieser Antwort zufrieden.

Nachdem ich mein Team hatte und mehr oder weniger mit diesem zufrieden war, musste ich feststellen, dass ich gerade 4 Wochen hier arbeitete und schon richtig was zu sagen hatte. Das gefiel mir natürlich. Es gab alle 2 Wochen ein Geschäftsessen, bei dem die Zahlen der Teams genannt wurden. Ich hatte im Durchschnitt 3 Aufträge bei 5 Tagen die Woche, am Tag plus 4 von meinem Team. Meine Stornorate betrug lediglich 20%. Als das erste Geld auf meinem Konto war, war ich, soweit ich mich erinnere, den ganzen restlichen Tag nicht ansprechbar. In der fünften Woche gab es eine sogenannte Ralley. Alle Städte treffen sich in der Stadt, die zuletzt gewonnen hat, und versucht, diese zu schlagen, immer in Zweierteams wie sonst auch. Zwar haben wir beide zusammen nur 10 Aufträge geschrieben und nicht gewonnen, was ärgerlich war weil es einen Bonus von 10.000 Euro für das Gewinnerteam gab, aber es sollte für mich trotzdem ein erfolgreicher Tag werden. Denn ich wurde zum

Second-Assistant Manager ernannt. Was bedeutete, ich bekam mehr Fixum und ein größeres Team und dazu noch ein Firmenwagen. Vor allem war es nicht das typische Vertreter Auto, sondern ein nagelneuer Audi A8 Quattro. Ich konnte kaum an mir halten. Ich sollte also mit 19 Jahren und nach 5 Wochen Arbeit einen Wagen bekommen, der mehr als 100.000Euro kostet. „Irre", dachte ich mir. Aber es sollte wirklich so sein. Die Schlüssel bekam ich direkt dort und so war der Tag wirklich ein guter Tag.

Ich lebte wirklich gerade in einem kleinen Traum. Claudine interessierte mich kaum und wenn ich mich mit ihr beschäftigen musste, war sie immer zufrieden, denn Geld war ja da. Wir lebten wirklich super. Ich mietete ein ganzes Haus. Unten zogen Ihre Eltern ein und oben wir. Es war mit 500qm Garten und alles schien wieder in geraden Bahnen zu laufen.

Doch je besser es mir ging, desto mehr musste ich an Anna denken. Das war alles das, was wir uns mit 16 Jahren immer ausgemalt hatten. Ich wollte sie so gern bei mir haben, sie sollte sich mit mir freuen.

Ich hatte ein Team von 10 Leuten, verdiente mehr als gut in dem, was ich tat, und hatte einen Wagen der teurer war als manches Einfamilienhaus. Das wichtigste fehlte mir aber immer noch, die Liebe zu einer Frau, die mir wirklich was bedeutete. Die noch immer aktuell war, obwohl ich sie bereits mehr als 15 Monate nicht gesehen hatte. Nun wollte ich endgültig die Scheidung von Claudine. Zu dieser Zeit, ich war nun bereits 3 Monate bei dieser Firma, fuhr eigentlich nur Claudine meinen Firmenwagen und ich konnte mit ihrem alten Wagen zur Arbeit fahren. Sie war auch schon fortgeschritten schwanger, also machte ich nichts dagegen. Im Job lief es immer besser. Mein Team wurde immer größer und mein Einkommen auch. Ich trug inzwischen Maßanzüge und eine neue Rolex Uhr. Was aber nicht bedeutete, dass ich ein guter Mensch war oder mich das zu einem besseren Menschen machte. Ganz im Gegenteil. Ich wusste natürlich, das ich nun ein Stadium erreicht hatte, welches mich Macht ausüben ließ. Und ziemlich schnell tat ich das auch. Ich wollte immer noch mehr Geld. Irgendwie musste ich nämlich jeden Monat feststellen, dass immer mehr Geld verschwand. Nicht auf Umwegen, sondern weil wir es, vor allem Claudine mit vollen Händen ausgegeben hatten. Designer Klamotten, Essen gehen, Partys und dergleichen. Im Job lief es sehr gut und mir wurde angeboten, dass ich in Leipzig eine eigene Filiale bekommen könnte. Allerdings war ich gerade in der Absicht, mich scheiden zu lassen. So schnell und heftig es begann, sollte es also auch wieder enden.

Nach 6 Monaten riet mir meine Anwältin also, den Job hinzuwerfen und wieder zur Schule zu gehen oder zum Zivildienst, da ansonsten Claudine die Hälfte bekommen würde. Was vor allem einen riesen Unterhalt bedeuten würde für sie. Das war natürlich eine Vorstellung, die ich nicht sehen wollte. Schule kam nicht in Frage und beim Zivildienst würde ich im Monat nur noch 400 Euro verdienen. Ich verstand die Welt nicht mehr. Ich war inzwischen ein völlig von sich überzeugter Mensch, der nicht mit weniger leben wollte. Zumal ich ausgemustert war, da ich verheiratet war.

Nach langem Überlegen, war ich mir noch immer unsicher. Doch als ich dann auf mein Konto sah, traf mich regelrecht der Schlag. Claudine hatte eine eigene Geldkarte von mir bekommen um damit alles, was so anfällt, erledigen zu können. Natürlich war mir auch klar, dass sie damit einkaufen geht, aber als ich mein Kontostand sah, wurde mir klar, dass sie unter Einkaufen gehen wohl etwas anderes verstand. Sie hatte ausschließlich mein Geld ausgegeben. Dadurch war sie zwar meistens gut zu ertragen, aber mir wurde klar, dass ich unbedingt hier weg musste.

Mein Entschluss stand fest. Ich würde also Zivildienst machen und wieder zurückgehen.

Meine Eltern waren davon natürlich sehr erfreut und boten mir eine Wohnung für mich alleine an, was mir die Entscheidung natürlich nochmals versüßte.

Doch Claudine schien zu ahnen, was ich vor hatte. Trotzdem nahm ich ihr zuerst die Geldkarte weg, um wenigstens das Geld was ich noch hatte, zu sichern. Aber ich hatte immer noch nicht ganz begriffen, dass ich sie unterschätzte.

Ich plante also alles und machte mit meinem Vater einen Termin aus, wann er kommt, um mir beim Auszug zur Seite zu stehen.

Der Tag war da, alle schienen es zu ahnen und keiner außer Claudine war im Haus. Als der LKW kam, schloss sie sich in der Küche bei ihren Eltern ein. Alles ging jetzt ganz schnell. In kürzester Zeit war die

Wohnung leer, ich ließ ihr ein paar Dinge da, damit sie nicht ohne alles da stand. Der LKW fuhr und ich war also mit ihr allein. Sie kam in die Wohnung und weinte und bettelte. Irgendwie tat sie mir leid. Ich wusste nicht, dass sie mein Mitleid nicht verdient hatte, denn sie hatte durch ihre Vorahnung bereits alles geregelt.

Ich ging also. Da ich das Haus gemietet hatte, wollte ich nicht, dass sie sofort raus mussten und ging zur Bank und wollte noch für den aktuellen und kommenden Monat die Miete überweisen. Als ich allerdings die obligatorischen Kontoauszüge zog, konnte ich es nicht fassen. Es fehlten 25000 Euro. Es waren nur noch ein paar tausend Euro auf dem Konto. Der Rest wurde einige Tage zuvor abgehoben. Der Ort, in dem wir wohnten, war eher ein Dorf und hatte nur diese kleine Bankfiliale. Die Mitarbeiterin dort ging früher mit Claudine in eine Klasse, was dazu führte, dass Claudine ohne weiteres das Geld bekam, da sie ja meine Frau war und ich keine Vorkehrung dagegen getroffen hatte. Ich zahlte nun also nur noch die Miete des aktuellen Monats und fuhr völlig durcheinander nach Hause. Mein neues zu Hause war gleichzeitig auch mein altes.

Allerdings war ich auch Claudine damit nicht los.

Zuhause angekommen erklärte ich, was passiert war. Komischerweise schien das meine Eltern kalt zu lassen. Sie meinten, ich solle es als Lehre sehen und nun das beste daraus machen. Irgendwie wollt ich das nicht einsehen, aber was blieb mir anderes übrig. Was ich wollte, war wieder ein anderer zu werden.

Am nächsten Tag fuhr ich zur Arbeit. Ich kündigte. Das gefiel da natürlich gar keinem. Nicht weil sie mich mochten. Sondern weil sie ja, solange ich gut war, auch mit mir Geld verdienten. Dementsprechend war auch die Verabschiedung. Ich musste meinen Audi, mein Firmenhandy, meine Firmen-Kreditkarte abgeben. Zum Abschied bekam ich noch folgendes mit auf den Weg „Wie blöd muss man sein."

Es gab keinen Händedruck, einfach nichts. Ich ging also schnell. Meine Mutter wartete bereits unten, denn ich hatte ja das Auto abgeben müssen und musste wieder nach Hause kommen.

Zuhause angekommen, genoss ich nur kurz das alleine sein, denn bereits zwei Tage später fing Claudine an mich zu terrorisieren. Erst nur durch Anrufe. Was aber ziemlich schnell in nächtliche Besuche überging, die überfallartig waren und so, dass sie in meiner Wohnung stand, ohne dass ich die Möglichkeit hatte zu reagieren. Sie ging dann einfach nicht mehr. Das alles machte sie nur um das Trennungsjahr in die Länge zu ziehen. Mir ging es immer schlechter. Ich war gereizt und warf mir immer wieder vor, was ich da nur dummes angestellt hatte. Irgendwann kam ich nicht mehr damit klar, mit diesem ständigen Bangen, dass sie wieder vor der Tür stand. Ich bekam am Anfang nur Kopfschmerzen, die aber bald darauf in Migräne umschwenkten. Dieser Kopfschmerz ist wirklich nichts, was ich jemandem wünsche. Dazu noch das ständige Übergeben müssen und dazu noch die Überempfindlichkeit an Geräuschen und Licht. Wirklich nicht schön.

Man konnte einfach nichts gegen sie tun. Das ganze schaffte sie noch, obwohl sie hoch schwanger war.

Meine Eltern machten sich natürlich Sorgen um mich. Wir gingen also erneut zum Anwalt um zu erwirken, dass sie nicht mehr bei mir auftauchen durfte. Was Claudine aber wenig störte und sie es trotzdem weiter tat. Durch Claudine entwickelt ich wohl auch so eine Art „Warnsystem", was aber immer und auf alles reagieren sollte und mich sehr oft Dinge sagen ließ, vor allem später zu Anna, die ich im eigentlich nicht sagen wollte, es aber aus Selbstschutz tat.

Immer mehr musste ich wieder an Anna denken und dass sie mir das sicher nie angetan hätte. Immer mehr versuchte ich, nach dem Grund zu suchen, was ich falsch gemacht hatte dass Anna nicht mehr bei mir war

Irgendwann bekam Claudine dann das Kind und der Terror hörte vorerst auf.

Ich versuchte mich am Anfang natürlich um das Kind zu kümmern. Immerhin konnte es nichts dafür, wie alles gelaufen war. Aber immer mehr benutzte es Claudine für ihre Zwecke. Sie wollte ständig mehr Geld und zwang mich, nachts zu ihr zu kommen, da sie angeblich das Kind nicht beruhigt bekam. Ich hatte ja immerhin das halbe Sorgerecht. Als ich aber dort ankam, war der Kleine bei seiner Oma und Claudine nutzte ihn mal wieder nur als Vorwand. Das ging soweit, dass sie mich irgendwann bei ihr zuhause einsperrte, mein Akku aus dem Handy genommen hatte, als ich auf dem WC war.

Nur dadurch, dass meine Eltern sich denken konnten, wo ich bin und warum ich mich nicht meldete, musste ich nur einen Tag dort eingesperrt sein.

Meine Anwältin riet mir also, das Sorgerecht ganz abzugeben. Was auch eine gute Lösung war. Allerdings war ich nun gebrannt. Ich konnte kein Verhältnis zu dem Kleinen aufbauen, weil es immer mit Stress und Ärger zu tun hatte, den Claudine machte. Ich versuchte es noch ein paar mal, aber Claudine torpedierte es immer.

Irgendwann wurden wir dann geschieden und selbst vor der Richterin versuchte sie noch, dass wir nicht geschieden wurden. Es ging soweit, dass die Verhandlung unterbrochen werden musste, weil Claudine die Daten der Richterin anzweifelte. Alles sehr kurios, aber die Richterin war dadurch nur mehr auf meiner Seite. Sie bekam trotzdem noch einen Haufen Geld aus einer Versicherung. Dieses investierte sie aber sofort in ein Auto. Ich war aber nur froh, dass ich sie zumindest auf dem Papier los war.

Ist es ein Fortschritt, wenn ein Kannibale Messer und Gabel benutzt?*

Die Erfahrung lässt sich ein furchtbar hohes Schulgeld bezahlen, doch sie lehrt wie niemand sonst!*

Bild: PolluxTS

Kapitel 10

Wieder langsam auf dem Boden angekommen

Ich war einen Tag in meiner neuen Wohnung, als ich das Schreiben bekam ich sollte mich um einen Zivildienstplatz kümmern, da mir sonst einer zugeteilt werden würde. Ich wusste aber eigentlich gar nicht, was ich tun sollte und was ich mir zumuten wollte. Irgendwie konnte ich mir keine der Arbeiten vorstellen. Vor allem blockierte mich meine Überheblichkeit, die schon sehr ausgeprägt war.

Eines Tages kam meine Mutter nach der Arbeit zu mir und sagte mir, ich hätte morgen ein Termin zwecks Platz für den Zivildienst. Ich fragte natürlich, wo. Sie erzählte mir, dass es eine Einrichtung für Behinderte ist und der Chef sehr nett ist.

Ich dachte mir also, dass ich das ja gar nicht könnte. Allein die Vorstellung mit sabbernden Leuten umgeben zu sein, die den ganzen Tag nur Blödsinn erzählten, ließ mir eine Gänsehaut am ganzen Körper entstehen. Aber da ich selber nichts gefunden hatte, da ich ja auch nicht wirklich gesucht hatte, ließ mich am nächsten Tag dort hin gehen. Der Chef, der Herr Liesenbert, war wirklich nett. Ich dagegen war ziemlich überheblich und mit dicken Ringen und ner prolligen Uhr versehen, was nichts Gutes von mir erahnen ließ. Auch wenn er mir später erzählte, dass er mich eigentlich nehmen wollte, da er Bedenken hatte, dass ich alles hinwerfe, gab er mir die Stelle. Zum Glück kann ich heute nur sagen. Denn diese Zeit dort sollte mein Leben vollständig ändern.

Bis der Zivildienst begann, dauerte es noch eine Zeit und ich vertrieb mir die Zeit damit, mich wieder mit Computern zu befassen um wieder in die Materie rein zu finden. Ich hatte über die ganze Zeit lediglich ab und zu „Fingerübungen" am PC gemacht. Aber intensiv beschäftigte ich mich jetzt erst wieder damit.

Irgendwann begann dann also der Zivildienst. Ich musste 6 Uhr morgens dort sein. Was mich nicht störte, da ich eh kein Langschläfer war. Ein junger Mann begrüßte mich und stellte sich als einer der Betreuer vor. Wir machten also ein Rundgang. Er erzählte mir was über die Einrichtung und zeigte mir alles. Es war gerade alles neu saniert wurden und sah ein wenig aus wie ein Hotel, was im positiven gemeint ist. Tolle und warme Farben. Einfach alles stimmig. Die Leute hatten sich wirklich Mühe gegeben. Nach einer kurzen Zeit bekam ich die ersten Leute zu Gesicht, denn es war gerade Frühstückszeit. Die ersten, die ich sah, waren genau das, was ich immer befürchtete. Zwei Brüder, die nackt auf uns zu kamen. Ich hatte schon innerlich auf Weglaufen umgestellt. Als sie allerdings bei uns waren, folgte ein nettes: „Hallo, du bist wohl der neue Zivi" vom Bruder kam nur: „Der neue Zivi". Irgendwie musste ich schmunzeln und ab da an war alles ganz anders wie erwartet. Es waren 27 Bewohner. Also recht übersichtlich und das gesamte Betreuer und Angestellten-Team dort war äußerst nett. Recht schnell fühlte ich mich dort gut aufgehoben, was später auch dazu führte, dass ich mein Zivildienst um einen Monat verlängerte.

Meine Kopfschmerzen waren nur noch selten da, die Migräneanfälle fast weg. Die Bewohner waren meist eher lustig anstatt anstrengend. Die Betreuer nahmen zwar den Job sehr ernst, konnten dabei aber immer Lachen. So verging die Zeit dort wie im Flug.

Das Beste daran war aber, dass auch Herr Liesenbert mit mir zufrieden war. So kam es auch, dass wir irgendwann mal nen Bier zusammen tranken. Irgendwie entwickelte sich recht schnell eine Freundschaft daraus. Mir war klar, dass mir das nur gut tat und ich genoss es. Wir gingen ins Museum und machten Ausflüge. Sogar sein neues Auto suchten wir zusammen aus. Herr Liesenbert war ziemlich gebildet. Vor allem hatte er viel Erfahrung, also versuchte ich soviel wie möglich von ihm zu lernen. Immer mehr kam es auch dazu, dass ich auf Feiern seiner Freunde mitgenommen wurde. Ich fühlte mich toll. Es endete darin, dass ich jede Woche mit zu seinem Stammtisch ging, wo viele interessante Menschen waren, mit denen ich schnell auch sehr gut zurecht gekommen bin.

Auch in die Materie der Computer hatte ich mich schnell wieder eingearbeitet. So passierte es auch recht schnell, dass ich einigen Leuten helfen konnte und wieder daran dachte, eine kleine Firma daraus entstehen zu lassen. Wozu ich mich aber noch nicht durchringen konnte.

Eines Tages, Herr Liesenbert und ich wollten auf ein Konzert. Wir fuhren also mit dem Fahrrad dorthin. Ja ich fuhr wieder Fahrrad statt immer nur Auto Wir standen also vor der Kirche, in der das Konzert stattfinden sollte. Wir erzählten und gingen das Programm durch. Plötzlich rief jemand: „Hallo ihr zwei." Wir schauten auf und als ich sah, wer uns da rief, wurden meine Knie ganz weich. Ich dachte jetzt schon eine Weile nicht mehr sehr oft an Anna, aber wer uns da rief, waren Anna und ihre Mutter. Anna stand nur da und ich sah sie an. Sie war noch immer genauso schön wie früher, ich würde sogar sagen noch schöner. Tausend Dinge schossen mir durch den Kopf. Ich wollte so gern zu Ihr gehen. Aber ich traute mich nicht. Sie machte auch nicht den Anschein, als würde sie das unbedingt wollen. In dem Moment ging auch schon die Tür zur Kirche auf und ich bat Herrn Liesenbert doch bitte hineingehen zu können. Vom Konzert bekam ich nicht viel mit. Mir ging nur noch Anna durch den Kopf. Mein Herz raste. Ich hatte immer noch dieses Gefühl. Dieses Gefühl der unendlichen Zuneigung. Nach dem Konzert sprach ich mit Herrn Liesenbert bei einem Bier darüber. Er meinte der einfachste Kontakt wäre der, ihr einen Brief zu schreiben. Nach langen Überlegen machte ich das dann auch.

Ich schrieb also einen Brief, besser mehr eine hübsche Karte. Eine an Ihre Mutter, wie sehr ich mich gefreut hatte sie wieder zu sehen und eine an Anna. Wie gern ich mit Ihr mal nen Kaffee trinken oder was Essen gehen würde wollen.

Lange bekam ich keine Antwort. Irgendwann hatte ich dann aber doch Post von Ihr. Mein Herz raste. Ich öffnete und las den Brief. Doch irgendwie war es so gar nicht die Antwort, die ich haben wollte. Es war eigentlich ein derber Korb. Sie schrieb nur, dass ich mich so viele Jahre nun nicht gemeldet hätte und wüsste ihre Telefonnummer. Wenn ich also was wollte, könne ich auch anrufen. Ich steckte den Brief zurück ins Couvert und begrub ihn mit meiner Hoffnung ganz unten in einer Schublade.

Mein Zivildienst ging langsam dem Ende zu. Ich wusste nicht so richtig, was ich danach anstellen sollte. Meine Eltern wollten am liebsten, dass ich meine Schule nachholte, drängten mich aber nicht. Was auch gut war. Ich bekam aber durch den Umgang mit Herrn Liesenbert mit, dass ich einen Abschluss brauchte. Vor allem um auch anerkannt zu

99

werden. Aber vor allem, dass vielleicht mal was Vernünftiges aus meinem Leben wird.

Zur selben Zeit befasste ich mich immer mehr mit dem Internet und machte ein Geschäft nach dem anderen. Alles lief einigermaßen gut. Ich konnte auch langsam wieder meiner Leidenschaft für Autos nachgehen, also kaufte ich eines und nach zwei Wochen verkaufte ich es mit möglichst viel Gewinn wieder. Mir ging es also auch finanziell besser. Ich wollte nie wieder in die Situation kommen, nur noch ein paar Cent auf dem Konto zu haben und damit auf andere angewiesen zu sein.

Ich bewarb mich also an meiner alten Schule, um mein Abitur nachzuholen. Mit einer Sondergenehmigung war es sogar möglich, dass ich auch wirklich nur das 13. Schuljahr wiederholen musste. Ich wurde genommen. Meine Familie und auch Herr Liesenbert freuten sich natürlich über meine Entscheidung. Ich allerdings hatte ziemlich große Angst wieder zu versagen. Wie sollte ich nun weiter machen? Denn Geld verdienen, dachte ich, konnte ich jetzt nicht mehr.

Geliebt zu werden kann eine Strafe sein. Nicht wissen, ob man geliebt wird, ist Folter.*

Bild: Singa

Kapitel 11

Back to the roots?

Ich ging nun also wieder zur Schule. Ein komisches Gefühl. Vor allem weil ich ja viel älter war als die Übrigen. Dem ersten Lehrer dem ich begegnete, warf mir einen netten Blick zu und meinte: „Na doch noch zur Besinnung gekommen?" Irgendwie war ich mir unsicher, ob ich mit ja oder nein antworten sollte. Also lächelte ich nur nett zurück.

Ich hatte natürlich Bedenken, wieder in so eine Klasse zu kommen, in der ich mit niemandem klar kam. Es sollte aber wie immer ganz anders kommen.

Ich kam in die Klasse und jeder fragte wer ich bin. Aber auf eine Art, die mich schnell merken ließ, dass ich nicht abgelehnt wurde. Schnell fand ich auch Leute, mit den ich besonders klar kam. Aber auch sonst war die Klasse ziemlich in Ordnung. Mit denen ich besonders gut zurechtkam, versuchte ich natürlich auch privat ein wenig in Kontakt zu kommen, was nicht schwer war, da ich eine eigene Wohnung hatte und das für die anderen noch Wunschdenken war. Also hatte ich ab sofort ziemlich viel Besuch.

Die Schule sollte dabei allerdings nicht zu kurz kommen. Ich wusste, das es meine letzte Chance war und wollte diese auch nutzen. So lernte ich und alles lief ziemlich gut. Die Zensuren waren dementsprechend gut.

Langsam fing ich wieder an, an Anna zu denken. Was sie wohl gerade machte? Studierte sie? Denkt sie mal an mich? Aber nach dem Korb, den ich mit ihrem Brief bekommen hatte, begrub ich ganz schnell wieder die Gedanken.

Das Schuljahr neigte sich inzwischen wieder dem Ende zu und ich hatte wenig Bedenken, mein Abitur zu bekommen. Sicher, ich hatte zwischendurch schon immer mal wieder Angst zu versagen, aber durch die netten Leute, die mich immer wieder besuchten, war das schnell vergessen. Doch meine Achillesverse war immer noch Elektrotechnik. Ich schleppte mich das ganze Jahr so durch. Ich hatte zwar keine wirklich schlechten Zensuren. Aber zufrieden war ich nicht.

Vor den schriftlichen Prüfungen musste ich aber trotzdem was gegen diese Schwäche tun. Ich hatte mal wieder Besuch. Der Flo war da, ich erzählte, welche Sorge ich hatte, und er zögerte nicht und holte seinen Hefter raus und seine Formelsammlung und erklärte mir alles mit einer Geduld, die ich wirklich brauchte. Ich begriff und mir fiel eine riesen Last von den Schultern. Leider waren inzwischen 8 Stunden vergangen und der Samstag für ihn somit dahin. Ich entschuldigte mich bei ihm dafür. Aber er meinte nur, dass man sich doch helfen müsste und es kein Problem für ihn darstellte.

Die schriftlichen Prüfungen kamen also und ich war gut vorbereitet. So hatte ich kurze Zeit also auch mein Abitur in der Tasche. Ich war ziemlich stolz auf mich. Alle anderen in meinem Umfeld aber auch. Ein Schritt war geschafft.

Wir feierten also den Abschlussball ausgiebig und auch einige Tage danach feierten wir alle noch. Nur mussten wir auch an die denken, die es nicht geschafft hatten. Der Flo hatte es selbst nicht geschafft, aber er wiederholte das Jahr um darauf das Jahr, auch den Abschluss zu haben.

Nebenbei hatte ich auch immer noch geschafft, weiter im Internet Geld zu verdienen und auch meine Computerhilfe weiter anbieten zu können. Einem vom Stammtisch gefiel mein Arbeit so gut, dass er mir seine Freunde aus Berlin vorstellte. Sie waren die typischen Großstädter. Sie waren Designer. An Geld mangelte es nicht. So trafen wir uns. Eigentlich wollten sie, dass ich ihre neue Website erstelle. Dazu sollte ich nach Berlin kommen, um alles weitere zu besprechen. Das tat ich auch, nur 5 Jahre später hatte ich immer noch keine Seite für sie erstellt. Ihnen gefiel meine Arbeit mit den Computern so gut, dass sie fast alles andere haben wollten und immer wieder keine Zeit für die Website war. Ich hatte soviel zu tun, dass ich gar nicht wusste, wie ich das schaffen sollte. Aber Spaß gemacht hat es, den was ich brauchte um ihre Vorstellungen umzusetzen, konnte ich kaufen. Besser konnte man gar nicht dazu lernen.

Alles ist Kampf, Ringen. Nur der verdient die Liebe und das Leben, der täglich sie erobern muss.*

Bild:Franziska Elsner

Kapitel 12

Endlich konnte ich wieder lieben.

Ich war also gerade mit dem Abitur fertig geworden. Ich hatte also vor zu studieren. Ich bewarb mich und wurde auch sofort genommen. Bis zum Anfang des Studiums waren es aber noch 4 Monate. Aber in Berlin hatte ich ja genug zu tun. Als ich gerade mal wieder zurück aus Berlin war, kam meine Mutter zu mir und sagte mir sie habe zufällig Anna getroffen. Meine Mutter sagte zu mir, sie fragte Anna, ob ich und sie nicht mal nen Kaffee trinken gehen wollten.

Anna, an die ich so oft gedacht habe. Bei der noch immer meine Knie weich wurden, wenn ich sie nur von weitem sah. Mit ihr sollte ich einfach Kaffee trinken gehen? Na gut, wenn meine Mutter sich schon solch Mühe gegeben hatte sie zu fragen, machte ich es halt. Später stellte sich heraus, dass auch Anna nur meiner Mutter zuliebe zugesagt hatte.

Ich fuhr also zu Annas Eltern nach Hause. Denn sie studierte jetzt in einem anderen Ort und sie war nur kurz auf Besuch. Also musste ich mich beeilen. Ich habe mir immer wieder vor dem Spiegel zuhause gesagt, das wir nur Kaffee trinken gehen wollten. Vielleicht nett erzählen und weiter nichts. Bei ihr angekommen, klopfte ich und nach kurzem Warten kam sie dann. Ich wusste nicht recht, was geschah, denn sie sah so bezaubernd aus, sie war noch hübscher, als ich sie in Erinnerung hatte. Sie sagte nur : „Hallo". Ich stockte und konnte auf einmal nicht mehr viel sagen. Inzwischen fuhr ich einen 7er BMW, den fand sie ganz schön prollig und ich versuchte Ausflüchte als Begründung zu finden, warum ich diesen fuhr. Aber alle meine Vorsätze waren verschwunden. Mein Bauch kribbelte und ich musste mich ganz schön zusammenreißen, um die richtigen Worte zu finden. Also fragte ich sie, ob sie am nächsten Tag Zeit haben würde auf einen Kaffee. Sie sagte ja und wir verabredeten und für 16 Uhr. Zuhause angekommen musste ich erstmal ordentlich durchatmen, versuchte aber auch ganz schnell wieder diese Gefühle aus dem Weg zu räumen. Aber eines war mir klar, ich dachte, sie hatte was besseres verdient als nur essen zu gehen. Also machte ich mich daran zu schauen, was das beste Restaurant in der Umgebung war. Es gab ein wirklich gutes Restaurant mit einem netten Ambiente, aber es war eine gute Autostunde entfernt. Was mir aber auch gut passte, denn 16 Uhr isst man ja nicht schon zu Abend. Ich ließ also einen Tisch reservieren und bat um eine ruhige Ecke.

Ich holte sie also ab und ich fragte sie, ob sie länger Zeit haben würde. Gott, was sollte ich machen, wenn sie nein sagen würde. Zum Glück passierte das aber nicht. Sie hatte also Zeit und ich sagte ihr beim Losfahren, dass aus unserem Kaffee nun ein Essen geworden ist. Bei allem was ich tat, versuchte ich natürlich extra locker zu sein und sie dabei nicht so oft anzusehen. Nicht das sie dachte, ich machte das nur, weil ich immer noch das selbe wie vor Jahren für sie empfand. Was aber eigentlich so war. Also bemühte ich mich weiter, sie nicht ständig anzustarren.

Nach ewigem Irren in der Ziel-Stadt, kamen wir nun endlich zum Restaurant. Es war wirklich eine ruhige Ecke und auch sonst passte alles. Wir unterhielten uns stundenlang. Langsam versuchte ich auch nicht mehr so krampfhaft locker zu bleiben. Ich wurde es von ganz alleine. Ich musste aber immer wieder feststellen, wie gut sie aussah. Ich sagte es ihr auch ein paar mal. Aber sie reagierte nicht sonderlich darauf. Als sie sich dann kurz auf die Toilette ging, hatte ich kurz Zeit, meine Gedanken schweifen zu lassen. Gab es so was wie die große und einzige Liebe? Kurz, ich war mir nicht schlüssig, aber ich wusste, dass ich noch nie für eine andere Frau dieses Gefühl wie für Anna hatte. Das musste ich auch später immer wieder feststellen. Egal, wie sich andere Frauen bemühten, ich schien Anna verfallen zu sein. Leider schützte mich das auch später nicht vor gravierenden Fehlern, die ich nur aus Angst beging.

Anna kam von der Toilette zurück und setzte sich wieder. Ich hatte noch ein Glas Wein für sie bestellt und bis dieses leer war, unterhielten wir uns noch weiter, ohne einmal schweigen zu müssen.

Ich fuhr sie also wieder nach Hause. Ich musste während der Fahrt die ganze Zeit aufpassen, sie nicht anzusehen, da ich sie wahrscheinlich sonst angestarrt hätte. Ich setzte sie zuhause ab und bekam zum abschied eine Umarmung und ein Kuss auf die Wange. Als ich zu mir nach Hause fuhr, drehte sich in meinem Kopf alles nur um Anna. Wie toll der Abend war. Aber ich wollte es auch wieder aus meinem Kopf bekommen. Zu sehr hatte ich Angst, wieder diesen Schmerz fühlen zu müssen.

Am nächsten Tag war ich gerade bei jemandem mit Computerreparieren fertig und kam an einer Parfümerie vorbei. Anna schoss mir in den Kopf. Nach kurzem Zögern ging ich hinein und kaufte ihr eines der vielen Parfüms dort. Was ich mir davon versprach? Nichts. Ich wollte es ihr nur geben, weil ich sie halt mochte. Ich fuhr also am Abend zu ihr und sie kam auch heraus. Ich gab ihr die Tüte mit dem Parfüm, was aber eingepackt war. Sie wollte es erst nicht annehmen, doch ich drückte es ihr in die Hand und verschwand schnell wieder. Am nächsten Tag bekam ich einen Anruf. Anna war am Telefon. Sie bedankte sich höflich für das Parfüm. Aber wie immer war sonst nichts in Ihrer Stimme zu hören. Schon immer war Anna die einzige bei der ich nie was deuten konnte.

Dann kam aber die Überraschung, sie fragte mich, ob sie mich nun mal einladen durfte. Natürlich und ohne zu zögern sagte ich zu. Ich freute mich total auf den Abend und konnte es kaum erwarten bis es nun soweit war. Abends holte sie mich dann in dem Auto ihrer Mutter ab. Wir fuhren also in ein kleines edles Restaurant und tranken was und erzählten. Ich fühlte mich so gut, ich war so glücklich, dass meine Mutter sie getroffen hatte. Ich konnte und wollte ihr das aber nicht zeigen. Danach fuhren wir noch zu mir und tranken Wein zusammen und sahen uns ein Film an. Danach passierte das, was mir solange fehlte. Wir küssten uns. Ich fühlte mich, als ob sie nie weg war. Das Gefühl war ja auch nie weg. Aber sie hatte mir so gefehlt. Nach ein paar weiteren Treffen und weiteren Küssen waren wir wieder zusammen. Ich hätte die Welt umarmen können, hätte es jedem erzählen wollen, der es nicht hören wollte. Aber ich war äußerlich ein völlig anderer. Tat immer so super locker. Im eigentlichen aber nur weil ich Angst hatte, es könnte zu Ende gehen und ich wieder leiden. Später unterhielt ich mich darüber mit Herrn Liesenbert und der sagte mir, ich hätte diesen Schutzschild nur um keinen Schmerz erfahren zu müssen. Hätte ihr das aber einfach mal sagen sollen.

Eine gutes dreiviertel Jahr lief alles super. Wenn sie in dem anderen Ort war, telefonierten wir und ansonsten trafen wir uns. Ich tat aber weiterhin so, als ob ich damals verwunden hatte. Sie bedeutete mir alles, aber ich hatte so dermaßen Angst, dass ich sie aus den Augen verlor. Bald darauf meldete ich mich nur selten auf ihre SMS. Sie bemühte sich so sehr um mich, dass ich immer mehr Angst bekam, dass das irgendwann vorbei sein könnte. Bald darauf war es dann auch so, es war vorbei. Ich hätte es damals wohl retten können, doch ich stürzte mich vor Trauer in Arbeit. Dachte noch, es wäre wohl besser so. Wie konnte ich das nur denken. Die Frau, die ich so sehr liebte, dass ich Angst vor mir selber hatte und sie lieber gehen ließ. Ich hatte Angst, ich würde nicht gut genug sein. Sie hätte was besseres verdient.

Nichts genügt dem, für den genug zu wenig ist.*

Es gibt keine Grenzen. Weder für Gedanken, noch für Gefühle. Es ist die Angst, die immer Grenzen setzt.*

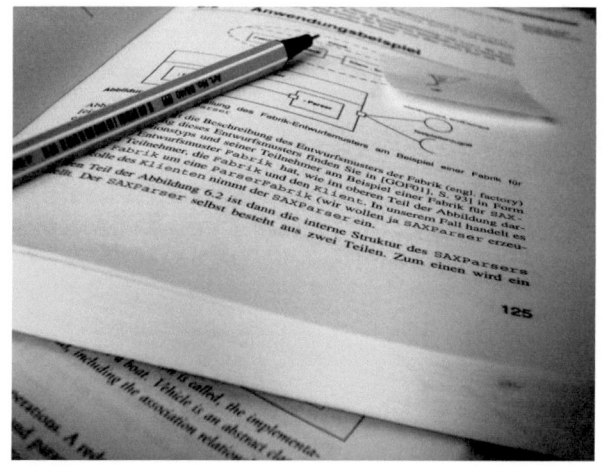

Bild: Thragor

Kapitel 13

Studium und die Sache mit der Arbeit

Inzwischen hatte bereits ein halbes Jahr das Studium begonnen. Das gute daran, ich war dort nicht allein. Der Sven, der vor einigen Jahren vom Fachgymnasium gegangen war um eine Lehre zu machen, war auch da. Er hatte sein Abitur gemacht und wir starteten zusammen unsere Studienkarriere. Ziemlich schnell stellten wir fest, dass wir auf einer Wellenlänge waren und wurden ziemlich gute

Freunde. Wir machten also auch viel in der Freizeit. Kauften und verkauften Autos. Hatten Ideen, die wir umsetzen, natürlich immer mal besser und mal schlechter und hatten eine gute Zeit. Er bekam das mit Anna natürlich auch mit und bescheinigte mir, dass ich völlig kaputt im Kopf wäre. Mir wurde ziemlich schnell auch selbst klar, was ich für ein Idiot war. Doch ich bekam keinen Kontakt mehr zu Anna. Erst als ich durch Zufall im Internet sah, dass sie wieder einen Freund hatte, wurde mir bewusst, was ich für einen Mist angestellt hatte. Es verging eine Weile. Ich arbeitete viel und machte auch viel mit Sven. Finanziell kam ich gut über die Runden kann man sagen. Irgendwie bekam ich durch Zufall Kontakt zu Anna. Ich versuchte alles, um sie Wiederzugewinnen. Aber vergebens.

Wir kamen uns zwar später noch mal kurz sehr nahe, was aber nur kurz war.

Meine Sehnsucht nach ihrer Nähe wurde aber immer größer. Ich konnte nichts dagegen tun.

Sven und ich studierten also so dahin und machten die meiste Zeit andere Dinge, die uns Geld bringen sollten. Zu den Prüfungen sind wir natürlich immer brav gegangen. Bei mir hat zum Glück auch das Lernen meist geholfen um die Prüfungen zu bestehen. Ich nahm mir trotzdem immer wieder vor, regelmäßig zu den Vorlesungen zu gehen.

Die meisten Menschen sind unglücklich,weil sie vom Glück zuviel verlangen.*

Liebe: ein Spiel, bei dem man dann ganz verloren ist, wenn man seinen Partner besiegt.*

Bild:benni graber (Straße der bedingungslosen Kapitulation)

Das letzte Kapitel

Als ich Anna dann durch einen weiteren Zufall wieder traf, wollte ich alles tun, was nötig war, um ihr meine Zuneigung zu zeigen. Inzwischen hatte ich das Gefühl, ich war ein Klotz, was Gefühle anging. Irgendwie kamen wir aber wieder zusammen. Ich nahm mir also vor, alles richtig zu machen. Ich wollte ihr was bieten können. Ich habe sie also zu einem Kurzurlaub eingeladen. Der war dann auch echt ein Erfolg für uns beide. Wir zogen auch schnell zusammen. Die Wohnung war klein und obwohl alle sagten, sie sei für zwei zu klein, schafften wir es. Ich arbeitete viel, dachte, ich müsse ihr was bieten können, um sie halten zu können. Wir kauften also unsere ersten Möbel zusammen. Die ganze Wohnung war jetzt für

UNS eingerichtet. Ich versuchte, ihr teure Geschenke zu machen. Bald zogen wir auch in eine neue Wohnung um. Diese war größer und wir richteten uns so ein, wie wir uns das vorgestellt hatten. Alles von der Farbe an der Wand bis zum Teppich, war unser. Es war Unsere Wohnung. Ich lernte ein Teil ihrer Freunde kennen. Vor allem ihre Studienfreundin und deren Freund waren wirklich nett. Ich mochte die beiden sehr. Die beiden hatten Niveau und genaue Ziele, das gefiel mir sehr. Helena und Christopher.

Auch meine Freunde fanden Anne ziemlich toll. Sie war ja intelligent und konnte zu jedem Thema mitreden und man konnte sie überall mit hinnehmen und alle bestaunten mich. Ich war so stolz, eine so tolle Freundin zu haben. Doch mein Ego meinte, ich müsse ihr noch mehr bieten und ich arbeitete immer weiter und immer mehr. Ich konnte uns zwar tolle Sachen so nebenbei kaufen, aber sonst vernachlässigte ich sie stetig mehr. Am Anfang hatten wir uns über Kinder unterhalten. Ziemlich schnell waren wir uns einig, dass es ein schönes Kind werden musste bei uns beiden. War ja auch klar, Intelligent wäre es auch noch. Auch den Namen wussten wir bereits, sollte es dann ein Mädchen werden. Sie sollte „Giulia" heißen. Toll oder. Mir ging es die ganze Zeit so toll. Ich war glücklich und hatte die beste Frau an meiner Seite, die ich mir vorstellen konnte. Doch meine innerliche Angst, zu versagen und nicht genügen zu können, verdarb alles. Vor allem weil ich nie sagte, welche Ängste mich plagten. Erst sagte ich, ich wolle doch erstmal lieber einen Porsche statt einem Kind. Aus Angst, ich könnte für sie ein schlechter Vater sein. Auch heiraten erwähnte ich nur beiläufig. Ich fragte Sie einmal, aber wenn ich ehrlich bin, meinte ich es zwar ernst, aber für dieses nebenbei gefragte, hätte ich eigentlich eine Ohrfeige verdient. Die innerliche Angst bestimmte mich immer mehr. Doch ich konnte es nicht oft erwähnen, aus Furcht schwach zu wirken. Ein Teufelskreis.

Ich ging nicht mehr mit ihr weg. Weder ins Kino noch ins Museum noch zu einem Konzert. Diesmal nicht, weil ich eifersüchtig war, sondern weil ich keine Zeit fand. Alles das, was ich ja früher selbst auch gemacht habe, machte ich mit ihr zusammen nun nicht mehr. Aber sie liebte mich so sehr, das sie es akzeptierte alleine weg zu gehen. Ich bekam immer mehr das Gefühl, nicht reichen zu können, und arbeitete teilweise so viel, dass wir uns nur noch beim Frühstück und vor dem zu Bett gehen sahen. Ich hatte auch inzwischen wieder eine Firma gegründet und arbeitete noch härter. Zudem kam inzwischen noch meine cholerische Art. Diese hatte ich zwar schon immer, aber es hielt sich sonst in Maßen. Nun aber nicht mehr. Ich war innerlich so angespannt und voller Coffein vom ganzen Tag Kaffee trinken, dass ich wegen jeder Kleinigkeit in die Luft ging. Ich konnte dann dermaßen fies werden, dass ich alles und jeden beleidigte. Was ihr natürlich besonders weh tat. Für mich war das dann zwar immer ziemlich schnell vergessen, aber nicht für sie, was ich verstehen kann. Aber auch das akzeptierte sie aus Liebe zu mir, ziemlich lang. Ich dachte, wenn ich ihr dann mal große Geschenke machen würde, wäre das ganze erledigt.

Wir waren nun fast drei Jahre zusammen und durch Zufall konnten wir einen Hund bekommen. Anna arbeitete zwar selbst viel, fand aber das richtige Maß. Mir fehlte dieses Maß. Meine Rechner waren 24h am Tag an und mein Handy ebenso. Wenn jemand am Sonntag anrief, hab ich da auch gearbeitet, was ich auch ohne Anruf tat. Jedem Euro und Cent rannte ich hinterher. Anstatt mal was Schönes nur mit ihr zu machen. Ich dachte, mit dem ganzen Geld würde ich ihr zeigen, wie sehr ich sie liebe. Was ich ja auch wirklich tat und tue. Mehr als alles andere auf der Welt. Aber meine Selbstzweifel konnte ich immer weniger besiegen. Zudem kam noch, dass ich eigentlich immer zuverlässig war, allerdings ihr gegenüber ein Versprechen nicht einhielt. Wir begannen zusammen ein neues Studium und ich versprach mit Ihr dort hinzugehen und nicht wieder nur zu arbeiten. Leider hielt ich das nicht ein und sie musste doch wieder allein gehen. Fies oder?

Es begann irgendwann an zu kriseln. Sie gab mir eindeutige Zeichen. Doch ich ignorierte sie oder machte alles noch viel schlimmer durch blödsinnige Handlungen. Alles verzieh sie mir, doch irgendwann hatte ich es übertrieben. Ihre Liebe war weg. Sie sagte mir, sie sieht keine Lösung mehr und zieht aus. Es dauerte noch 3 Wochen bis zu ihrem Auszug. Ich bekam Panik und versuchte alles, um es Ihr recht zu machen. Ich wusste, wenn sie geht, bin ich am Ende. Doch es half alles nicht mehr. Es waren keine Gefühle mehr da für mich. Nur Mitleid. Das ist leider etwas, was man von Geld nicht kaufen kann. Sie zog also aus, verabschiedete mich mit einem Schulterklopfen und verschwand. Zuerst realisierte ich es nicht. Doch als es bis zu meinem Hirn vordrang, brach die Welt inzwei. Ich wusste, dass wir zuwenig geredet hatten. Keiner wollte den anderen verletzen und dadurch entstanden aus Problemchen große Probleme. Ich wusste aber auch, dass vor allem ich nicht hören wollte und nun fühlen sollte. Das sie ging war wahrscheinlich das einzige, was ich verstand, nur so konnte ich mal die Luft aus meinem Kopf lassen und sehen, was das Problem war. Das schlimme daran war aber, dass ich nicht zu ihr gehen konnte und sagen „Du hattest recht das du gegangen bist, ich verstehe dich, aber nun komm bitte wieder zurück, ich mach es alles anders". Das hätte nichts gebracht, nur noch mehr Mitleid für mich.

Sie hatte es in ihrem Kopf wahrscheinlich schon lange abgeschlossen. War nun frei und konnte alleine entscheiden. Die Gefühle für mich waren weg, genau wie sie.

Mir wurde bewusst, was ich eingetauscht hatte. Ich hatte die Anna, die ich seit dem ersten Tag vergötterte, vernachlässigt. Mein Ziel, ihr was bieten zu können, lief irgendwann aus dem Ruder, ohne dass ich es merkte. Ich merkte aber auch nicht, dass das einzige, was ich ihr bieten musste, mein Zuneigung war. Geld spielte keine Rolle. Gerne würde ich Ihr zeigen, wie sehr ich sie vermisse. Dass ich verstanden habe und es besser machen würde. Sie brauche, ihre Nähe, einfach dass sie da ist. Aber das hab ich, als sie ging, verloren. Ich würde doch lieber auf einem Fahrrad fahren und gerade das nötigste haben, solange sie an meiner Seite ist, dann ist alles zu überstehen. Aber für sie ist es endgültig.

Nicht, dass ich nur sie verloren habe, nein, den Teil Ihrer Familie hab ich auch verloren. Diese Familie war so völlig anders als meine. Dort konnte ich mich stellenweise einbringen und Anerkennung bekommen, die ich doch immer wollte.

Und? Was nützt mir nun das Geld? Ich kann mir ihre Gefühle nicht kaufen. Das was ich mir kaufen kann, ist alles nicht viel wert, ohne dass Anna sich mit mir darüber freut.

Das schlimmste ist wohl, dass, als sie ging, ging ein Teil von mir mit ihr. Sie fehlt mir natürlich so unendlich. Es ist jetzt zwar bereits ein Weile vergangen, aber ich würde alles rückgängig machen, wenn ich könnte. Der Schmerz, der mich plagt und den ich nie wieder vergessen werde, mich auch alles anders machen lassen würde. Diese Floskeln sagen natürlich alle Verlassenen. Aber man sollte sich, wenn man sich schon ändert, Vertraute suchen, die einen vor dem Abdriften in alte Eigenschaften warnen.

Anna hat mich sicherlich in einer Form bereits vergessen. Vielleicht schon einen neue Beziehung. Sie hat mich aus ihrem Leben ausgeschlossen. Freunde sein, das geht nicht. Das geht bei Leuten, die sich anders lieben. Aber bei diesen Gefühlen kann eine Freundschaft wohl kaum existieren.

Doch man sagte immer „Aufgewärmtes schmeckt nicht mehr". Das stimmt so nicht. Denn manches schmeckt erst, wenn man es mehrmals aufwärmt.

119

Doch Leidenschaft schafft eben auch Leiden. Der Umgang mit diesen Leiden ist verschieden. Manchmal braucht es der Partner, damit man erkennt, was wichtig im Leben ist. Man muss manchmal von einem Menschen fortgehen, um ihn zu finden.

Das bis hierher gelesene soll aber zeigen das man nicht zulange warten sollte. Sich nicht aus falschem Stolz davor scheuen sollte miteinander zu reden, um eben doch das zu retten, was doch eigentlich schön ist. Denn wenn man sich liebt, gibt es keine Probleme die zusammen nicht lösbar wären. Es gibt eben nur die EINE große Liebe. Alles was danach kommt, ist nicht mehr als das Ersatzrad, man kann zwar damit fahren, aber es ist eben kein vollwertiges Rad.

Wenn es wirklich Liebe war, dann ist es auch für immer.

Muss es eine Trennung geben,
Die das treue Herz zerbricht?
Nein, dies nenne ich nicht leben,
Sterben ist so bitter nicht. *

Ein paar letzte Zeilen

Es gibt kein Happy End. Es ist leider das Leben, was diese Seiten geschrieben hat. Keinem wünsche ich dieses Gefühl des Schmerzes. Man sollte vielleicht in regelmäßigen Abständen einfach mal in sich reinhören und sich selbst fragen, ob alles OK ist, und ebenso den Partner fragen und auch wirklich auf diesen eingehen. Man muss immer Kompromisse eingehen. Jeden Tag, das macht das Zusammenleben erst spannend. Wenn man allerdings den Boden verliert, sollte man sich bei jemandem, dem man vertraut, Rat holen, bevor es zu spät ist. Denn man sollte sich doch auch öfter fragen was einem wichtiger ist. Wohlstand und arm an Zuneigung oder weniger zu haben und glücklich zu sein und dann noch mit der Person, die für einen der oder die richtige ist.

Ich will nicht irgendwann der reichste Mann auf dem Friedhof sein, sondern der glücklichste.

Noch mehr schmerzt das ich die Fehler erst zu spät gesehen habe, es aber zu spät ist.

Ich hoffe, dass für einige, die dieses Buch gelesen haben, es nicht erst zu spät sein muss, damit sie mit dem Partner an den Problemen arbeiten, bevor es unüberwindbar wird.

Ich habe die Tage der Freiheit gekannt, ich habe sie die Tage der Leiden genannt. Denn wer mit Geld glücklich werden will, hat gute Chance unglücklich zu werden.

NACHTRAG

Die Zeit fliegt vorbei. Und ich!?

Ich hoffe nicht mehr, ich lebe wieder. Vielleicht gibt es ja noch eine Fortsetzung. Denn Spannendes habe ich noch vieles zu erzählen...

Früher hätte ich an so einer Stelle gesagt :

„Time will tell !"

Mit „ * " gekennzeichnete Zitate und Sprüche stammen von :

www.gedichte-garten.de

zitate.net